KB150628

푸른 여름의 꿈

푸른

여름의

꿈

초판 1쇄 인쇄_ 2024년 02월 10일 | **초판 1쇄 발행_** 2024년 02월 15일
지은이_대구동중학교 '나도 작가' 책쓰기반 | **엮은이_**김다정
펴낸이_진성옥 외 1인 | **펴낸곳_**꿈과희망 | **디자인 • 편집_**박경주
주소_서울시 용산구 한강대로 76길 11−12 5층 501호
전화_02)2681−2832 | **팩스_**02)943−0935 | **출판등록_**제2016−000036호
E−mail_ jinsungok@empas.com
ISBN_ 979−11−6186−141−8 43810

※ 책 값은 뒤표지에 있습니다.

2024 대구광역시교육청 책쓰기 프로젝트

꿈 많은 이팔청춘,
열여섯 소녀들의 글쓰기 시간

푸른 여름의 꿈

대구동중 '나도 작가' 책쓰기반 _지음
김다정_ 엮음

꿈과희망

여름 (Summer, 夏)

한 해의 네 철 가운데 둘째 철. 봄과 가을 사이. 낮이 길고 더운 계절로, 달로는 6~8월, 절기(節氣)로는 입하부터 입추 전까지.

꿈 (Dream, 夢)

실현하고 싶은 희망이나 이상.
Something that you have wanted very much to do, be, or have for a long time.

이팔청춘 (二八靑春)

열여섯의 나이, 봄날같이 푸르고 젊은 시절을 가리키는 말.

'청춘, 그리고 꿈'

코로나와 보낸 3년 6개월. 이제야 서서히 그 끝이 보이는가 싶습니다. 이 평범한 일상이 새삼 감사하고 기대되는 나날입니다.

「푸른 여름의 꿈」 (꿈 많은 이팔청춘, 열여섯 소녀들의 글쓰기 시간)은 초등학교 졸업식도 제대로 치르지 못했고, 3년 중 2년 6개월을 마스크와 한 몸이 되어 힘겨운 학교생활을 했던 3학년 학생들과 함께한 책쓰기 동아리 결과물입니다.

올해 동아리 주제는 '청춘, 그리고 꿈'입니다. 저에게 '청춘'이라 하면 붉은 악마가 되어 목청껏 월드컵 거리 응원을 펼쳤던 대학생 시절이 떠오릅니다. 거리 응원에 참여한 적은 몇 번 되지 않았는데도 무더웠던 그 현장의 온도, 함께한 사람들, 함성과 기운. 그 사소한 것들이 모여 추억이 되어 가끔 삶에 지치는 날 떠올리면 웃을 수 있는 위로와 힘이 되고 있습니다.

학교-학원-과제-평가로 숨 돌릴 틈 없는 일상 속에서 아이들은 청춘과 꿈이라는 단어를 진지하게 고민해 볼 여유가 없었습니다. 그래서 더 궁금했고, 기록해 보고 싶었습니다. 글 속의 십 대들은 주인공이자 때로는 독자인 '나'가 되기도 합니다. 학업 및 진로에 대한 고민을 담기도 했고, 친구들과의 추억과 상상을 그려 보기도 했으며, 가족과의 소소한 일상을 기록하기도 했습니다. 모두가 아름답지만 불안하기도 한 우리 모습들입니다.

〈푸른 여름의 꿈〉은 참가 학생들이 머리를 맞대어 함께 고민해 만든 제목입니다. 한 해의 네 철 가운데 둘째 철인 여름. 어린이라 불리던 시기를 지나 청소년이 된 중학생을 계절로 빗대어 보자면 그즈음 정도가 되지 않을까 라는 생각에서입니다. 푸르름이 더해지며 눈이 부시게 찬란한 햇빛이 내리비치는, 그러나 때로는 세찬 소나기를 만나기도 하는 초여름과 같은 청소년기를 보내고 있는 아이들이 바로 이 책의 주인공입니다.

어느 TV 프로그램에서 작가님이 우리가 글을 읽어야 하는 이유로 "우리의 인생과 닮아 있는 글을 읽는 것 자체만으로도 위로가 될 수 있고 공감할 수 있기 때문이다."라고 말하는 장면을 본 적이 있습니다. 글 속에는 꿈을 잃지 않는 청춘 십 대의 삶의 모습이 담겨 있습니다. 아, 나만 이런 고민을 하는 게 아니구나, 친구들도 비슷한 방황과 고민을 하고, 모두 비슷하게 커 가는구나. '그러니까 나 완전 정상이구나!'를 생각하며 위로받고 웃을 수 있을 것입니다.

단편 소설과 에세이로 엮인 친구들의 꿈, 일상과 상상 속에는 2%, 아니 10%쯤 부족함이라는 매력이 담겨 있습니다. '중딩이니까, 너무 잘 쓰는 게 이상하니까.'라고 입을 모아 말해 봅니다. 조금 어설프고 여물지 못해도 상상하고 경험했던 이야기를 정리한다는 것 자체로 소중한 시간이었다고 생각합니다. 훗날 위로와 힘이 되는 추억으로 남기를 바라며, 자신만의 색과 꿈을 담은 글을 쓰기 위해 고생한 동아리 학생들에게 고마운 마음을 전합니다.

늘 봄날일 수는 없겠지만, 봄은 다시 오기에. 우리는 겨울이 춥고 힘들어도 견딜 수 있습니다. 초보 학생 작가들도 책을 펼쳐준 독자 학생들도 이 겨울 더 단단해져서 활짝 꽃 피우는 봄을 만나고, 푸른 여름에는 한 뼘 더 성장하며 청춘을 즐기기 바랍니다. 감사합니다.

2023 겨울. 학교 도서관에서
지도교사 김다정

푸른 여름

눈부시게 화창한, 그러나 때로는 세찬 비도
내리는 초여름 같은 우리의 청춘 이야기

꿈

뒤죽박죽 제멋대로인 꿈 같지만 마음껏
상상 할 수 있기에 아름다운 청춘 이야기

Our stories
of youth

푸른 여름

눈부시게 화창한, 그러나 때로는 세찬 비도 내리는
초여름 같은 우리의 청춘 이야기

그 계절, 그 시절

'나도 작가' 책쓰기반 3학년
최수인

작가소개

작가명······ 최수인

꿈······ 과학수사원

좌우명······ 현실을 직시해라

취미······ 배드민턴

좋아하는 가수······ 윤하

좋아하는 음식······ 먹으면 스트레스 풀리는 것들

✦ 십 대. 빛나는 순간을 보내고 있는 나에게 한 마디······

잘하고 있지만

공부 좀 더 할까?

시작하다

책을 보고 있는 여러분들에겐 청춘이 있었나요?

사람들마다 겪은 청춘이라는 하나의 소중한 시기는 다 다를 겁니다. 어떤 사람들에게는 청춘이라는 시절이 없을 수도 있죠. 아니면 그 어떤 사람들이 겪었던 이야기가 다른 단어로 대체한 것일 수도 있고요. 청춘이라는 의미는 '케바케'입니다. 하지만 대부분은 그 시절 그때밖에 느낄 수 없는 하나의 시절이죠.

이 글을 쓴 저도 16살, 청춘이라는 하나의 시기를 보내는 중일 것입니다. 아름다울 때죠. 물론 힘들고 지치는 일도 많지만요.^^ 제가 겪었던 그 시절을 이 글에 쓰게 돼서 영광이라고 생각하고 제 이야기를 들어 줄 사람들이 있다는 게 참 좋은 거 같습니다. TMI를 좀 말해 보자면 저는 인간관계에 신경을 많이 쓰고 또 감정 기복도 엄청 심한 사람입니다. 그래서 제가 이야기를 쓰면서 제 처지랑 비슷하게 보이기도 했고 때로는 정말 웃음 터지게 재미있게 써서 좋은 것 같습니다.

여러분에게 이 글이 어떻게 다가갈지 모르겠지만 공감하는 부분이 있기를 바랍니다. 이런 기회를 주셔서 감사합니다!

1. Start

"야, 학교 갈 준비 안 해?"

엄마가 나를 흔들어 깨운다. 나는 비몽사몽한 상태로 아침을 먹고 학교 갈 준비를 했다. 집 밖을 나와 고개를 드니, 청량한 하늘을 마주한다. 구름 한 점 없는 새파란 하늘이다. 집에서 세 걸음 물러서니, 눈부신 빛 한 줄기가 나를 비춘다. 나는 눈부신 빛 한 줄기를 받으며 학교에 갔다. 주변에 들리는 차들의 경적 소리, 귀를 울리는 매미의 울음소리, 오늘도 나는 그러한 소리를 들으며 등교한다. 복잡한 세상 속에서 살아가는 하나의 구성원인 나는 오늘도 하루를 버텨본다.

"어? 아, 왔어?"

오늘도 단조로운 학교로 와 '1반'에 들어서니, 나를 향해 손을 흔드는 저 아이. 김예서. 나는 자리에 앉아 오늘 시간표를 본다. 1교시는 국어. 새카만 가방 속에서 국어 교과서를 꺼낸다.

"아, 시험 이제 막 끝났는데 국어 쌤은 왜 수업 한다냐. 어이없어. 너무해."

내 앞에서 예서는 한숨을 푹 쉬면서 자연스레 내 책상에 팔을 얹는다. 나는 그런 예서를 앞에 두고 다음 교시까지 미리 준비했다. 다음 교시는 수학이었다. 수학 교과서를 꺼내두니 예서가 말을 한다.

"아, 맞다. 야, 이번에 수학 쌤 뭐 결혼하신다던데? 지린다, 진짜. 그 얼굴에. 그 매너에 아깝다 아까워."

나는 예서 말에 대충 대답하고 그냥 마저 내 할 일을 했다. 결혼이라,

나는 아무 생각 없다. 뭐가 멋있다는 건지도 모르겠고. 굳이 해야 하나 싶기도 하고. 나중에 언제 도망갈지도 모르고. 이런저런 잡생각을 하며 책을 챙기는데, 저 뒤에서 누가 내 이름을 불렀다. 고개를 돌리니, 그 아이는 한 손을 점퍼 주머니에 넣으며 웃었다. 바로 한동욱.

"너네 뭐하냐? 무슨 이야기를 기깔나게 하고 있어?"

"기깔나게는 무슨, 쌤들 얘기하고 있었지."

동욱은 내 짝인 오서준 자리에 자연스레 앉았다. 한동욱과 예서는 대화를 이어갔다.

"아, 님들아. 오서준 있잖아. 오늘 학교 안 온다는데?"

예서가 놀란 얼굴로 한동욱을 지켜봤다.

"걔 왜 안 온대?"

"몰라. 그냥 담임 말로는 아파서 못 온다는데."

오서준은 틈만 나면 운동장에 있는, 하루에 1일 1축구 해줘야 하는 축구광이다. 공부는 자기 쪽이랑 맞지 않는다며 아예 포기한 애이다. 그런 애가 아파서 학교에 안 왔다니.

"일단 오서준 어떻든 신경 안 쓰고, 니들 오늘 마치고 노실?"

한동욱이 제안했다. 예서는 흔쾌히 오케이 했고 내게도 물어봤다. 사실 나는 밖에서 노는 걸 딱히 좋아하진 않았다. 그래도 눈치상 가야 할 것 같은 분위기이다. 대답 대신 고개를 끄덕였다.

"오케이, 학교 마치고 바로 가자."

동욱은 그렇게 말하고 자리를 일어섰다. 타이밍 맞게 담임 쌤이 들어오시고 조례가 시작됐다.

2. Meaningless

오늘의 마지막 시간 6교시. 6교시는 진로이다. 우리 학교는 진로라는 과목이 중1과 중3에만 있다. 진로 과목은 아마 꿈의 방향점을 잡아주는 수업 같다. 그런데 중2에는 왜 안 하는 걸까? 어떤 의미인지는 잘 모르겠다.

진로 쌤이 크게 말씀하셨다.

"자, 우리 1반, 혹시 큰 꿈을 가지고 있는 학생 있나요?"

진로를 확고히 정한 몇 명 말고는 손을 들지 않았다. 나 또한 들지 않았다. 애초에 나한테 꿈이라는 정의가 뭔지 모른다. 미래의 안정성을 잡기 위해 잡는 것이라고 들어왔다. 언제부터 꿈이 그런 뜻이었던 것이었을까. 아직 나는 그런 것이 없었고 제법 진지하게 머리를 굴려 보아도 나오지 않았다. 언제쯤 나는 내가 가야 할 길의 방향을 찾을 수 있을까. 진로 시간이 휘리릭 끝나고 다들 종례를 준비하고 있었다. 나도 마저 가방을 싸고 있는데, 예서가 나한테 다가왔다.

"아니 진로 쌤 웃겨. 우리 나이 때 무슨 대단한 꿈을 가진 애들이 얼마나 많다고. 빨리 손드는 바람에 발표할 애들 엄청 부담됐을걸."

예서는 나한테 그런 얘기를 털어놓았다. 대단한 꿈, 사람마다 케바케지만 예서 말이 어느 정도 틀린 말은 아니라고 느꼈다. 아니, '애초에 안정성을 찾기 위해'라는 것 자체가 과연 꿈이 맞을까 싶다. 더 이상 복잡하게 생각하기 싫어 그냥 예서 말에 대충 대꾸해 주고 마저 갈 준비를 했다. 예서가 자리로 돌아가자마자 담임 쌤이 들어와 종례를 빨리 끝내고 보내주셨다. 학교 정문에 나섰을 때 핸드폰을 켜니, 엄마한테 문자가 왔다.

'오늘 영어학원에 일테(일일테스트) 있던데, 3개 이상 틀리면 안.된.다.'

그래. 생각해 보니 영어학원이 있었다. 정신을 놓고 사나 보다. 나는 예서와 한동욱한테 미안하다고, 다음에 같이 놀자고 얘기했다. 아쉬워하는 분위기에 내 미안함은 더 커졌다. 그 둘은 괜찮다고 하며 나를 다독여 주고 돌아갔다. 나는 무거운 마음으로 학원으로 향했다. 내가 다니는 학원은 고등영어 상위 반이다. 오늘 가서 단어 일테를 치고, 작년 고2 모의고사 오답을 풀이한다고 하셨다. 중3이나 됐으니까 고등 영어는 예습을 해 놔야 된다나 뭐라나. 학원에 도착하니 고1, 2 언니들이 자리에 앉아 쌤이 오시기 전까지 공부를 하고 있었다. 나는 그런 적막한 분위기 속에서 쌤이 오실 때까지 예서랑 문자로 대화하며 기다렸다.

둘이 잘 놀고 있어? [오후 3시 30분]

아 지금 버스 타고 가는 중ㅎ[오후 3시 30분]

또 버스 잘못 탄 거 아니지? [오후 3시 31분]

입 닫아. 그랬으니까 [오후 3시 31분]

?ㅋㅋㅋㅋㅋㅋㅋㅋ 어떡해 [오후 3시 31분]

그래도 다시 버스 타고 가고 있거든. 내가 누구처럼
버스 잘못 탔다고 집 가자 하는 앤 줄 알아? [오후 3시 31분]

얘가 ㅋㅋㅋㅋ 킹받게 하는 거 연습했냐? ptsd 겁나 오니까
하지 마. [오후 3시 32분]

어쩌라고~ [오후 3시 32분]

대화하는 사이에 학원 쌤이 오셨다. 쌤은 오시자마자 단어 테스트 시험지를 넘겼다. 나도 테스트를 쳤다. 결과를 보니 오답이 4개다. 아, 또 엄마한테 한바탕 혼나겠네. 문제는 총 100문제였다. 100문제 중 4개면 잘한 거 아닌가. 엄마가 좀 깐깐하신 편이라고 생각한다. 모의고사 풀이까지 긴 시간을 마치고 이제 드디어 갈 준비를 했다. 언니들과 잠깐 이야기를 나누고 있는데 갑자기 쌤이 나를 부르셨다. 나만 따로 부른다는 건 불길한 징조다. 도착하자마자 나보고 자리에 앉으라 하셨다. 내가 자리에 앉으니 바로 하시는 말씀.

"네가 요즘 영어 내신 성적이 잘 안 나오더라. 왜 그럴까. 이게 맞다 생각하니?"

갑자기 왜 이런 소리를 하시는 거지. 내가 할 수 있는 대답은 '죄송합니다'밖에 없었다.

"그래서 말인데, 앞으로 수업량을 조금 조절하고 반을 좀 이동하려고 해. 반은 중3 상위권 반으로 이동할 거야."

너무나 갑작스럽다. 이게 무슨 소리지. 고2 언니들이랑 친하게 지낸 지 좀 됐는데 이렇게 갑자기.

"뭐 갑작스럽겠지만 네 성적 문제라 생각하고 그렇게 받아들여라. 가 보거라."

나는 갑작스러운 통보를 받아들이고 알겠다고 대답한 다음 일어서서 학원 정문 밖을 나왔다. 또다시 무거운 마음으로 집으로 향했다. 엄마한테는 어떻게 설명하지…

그때 예서한테 문자 한 통이 왔다.

야, 우리 시험도 끝났는데 놀러 갈래? [오후 7시 5분]

나는 되는 시간대가 거의 없어 그냥 안 된다는 식으로 답장했다. 그러자 예서답지 않은 문자가 하나 왔다.

언제까지 그렇게 똑같이 살 거야? [오후 7시 6분]

3. Sign

그런 답에 나는 두 눈이 커졌다. 머리를 한 대 맞은 듯했다. 몇 분간 멍하게 있다가 나는 안 될 건 아니라고 느껴 답장을 했다. 그러자 예서는 어쩔 수 없다는 듯 답을 보냈다. 안 된다는 문자는 보냈지만 버스를 타고 다음 학원으로 이동하는 동안 머리가 복잡했다.

다음 날, 학교에 도착했는데 여전히 오서준의 자리가 비어 있다. '도대체 얼마나 아픈 거야?' 곧 그쪽의 신경을 버리고 내 자리에 앉아 시간표를 정리했다. 그때 예서가 다가왔다.

"왔냐? 나 어제 한동욱이랑 재미있게 놀고 왔지롱."

나 놀리네, 얘가. 나는 능청스럽게 괜찮다는 듯 대답하고 마저 시간표를 정리했다. 예서랑 대화를 하는데 쌤이 들어오셨다.

"얘들아. 서준이 한동안 못 올 거야. 다리 부상 때문에 입원했어. 너희도 늘 조심해. 다치지 않게. 건강이 최고다."

다리 부상이라니. 걔 또 축구 하다가 다친 거 아닌가 싶었다. 으이구. 운동 신경 좋은 줄 알았는데 바보네.

"아, 그리고 이제 상담 기간이니까 무엇이든 묻고 싶음 쌤 찾아오면 돼. 날짜 안 겹치게 종이에 상담할 날짜 적어 줘. 다 적으면 반장이 쌤한테 갖고 오고."

벌써 상담 기간이야? 시간 참 빠르다고 생각했다. 뭐 상담할 게 있나 생각하고 있을 때 쌤이 가시자마자 예서가 재빨리 나에게 다가왔다.

"야, 너 상담하러 갈 거야? 나 할 건데 같이할래?"

그렇게 제안하니 거절할 수 없었다. 어쩔 수 없이 알겠다고 했다. 우리가 제일 빨리 신청해서 날짜는 자연스레 오늘로 잡혔다. 오늘 뭐 7시에 학원이니 괜찮았다.

힘든 7교시를 마무리하고 교무실로 갔다. 예서가 나 먼저 하라는 제스처를 보내 내가 먼저 들어갔다.

"왔니?"

담임 쌤이 웃으면서 맞이해 주셨다. 나는 조용한 교무실 분위기에 어색해하며 자리에 앉았다.

"음… 좋아하는 게 딱히 없음이라고 적었던데 진짜 좋아하는 취미는 없니?"

쌤이 자소서를 보고 하시는 말씀이었다. 근데 정말이었다. 딱히 관심 있는 게 없었다. 끄덕이니 쌤은 웃으면서 말씀하셨다.

"음, 그렇니? 그럼 쌤이 뭐 하나 말해 줄까?"

쌤은 종이 하나를 꺼내 펜으로 동그라미를 그리셨다. 그러고는 내게 말씀하셨다.

"원 기억나지? 우리가 아는 직선, 곡선 모두 다 점으로 이루어져 있다는 거 알고 있잖아? 중1 때 배웠잖아."

중1 때 꺼 거의 기억 안 나는데 그래도 그건 기본이니 알지. 알고 있다고 끄덕였다.

"이 자그마한 점들이 모두 모여 하나의 선을 이루잖아. 안 그래? 너도 마찬가지야."

뭐가 마찬가지라는 건가. 이해가 안 되는 표정을 짓자 쌤은 다시 말씀하셨다.

"너도 자라는 데 네가 겪었던 경험들과 받았던 영향 덕분에 이렇게 자랐잖아. 네가 겪었던 경험과 받은 영향들 중 네가 과연 관심을 안 가졌던 것이 정말 하나도 없을까?"

인생 살면서 관심을 아예 안 가진다는 것. 그런 적은 없었을 것이다. 그냥 그런 경험에 대해 생각하기도 싫고 생각하면 피곤해서 하지 않는 것이다. 쌤 말은 여전히 이해할 수 없었다. 그때 나는 쌤 말을 듣고 정신을 차렸다.

"그냥 복잡한 건 생각하기 싫고 귀찮고 지금만 잘 살아감 된다 생각해서 그런 거 아니니?"

몇 초간 나는 아무 말도 할 수 없었다. 쌤은 말을 이어가셨다.

"그런 생각 말고 네가 좋아하는 게 뭔지, 너무 현실만 받아들이지 말고 가끔은 너에 대해 생각해 보길 원한단다, 쌤은."

나는 고개를 끄덕이고는 쌤 말씀 몇 마디를 더 듣고 교무실 밖을 나왔다. 예서가 뭐라고 했는지 물어봤다. 나는 그런 예서의 질문에 대충 좋아하는 게 뭐니, 고등학교 진학은 어디 할 건지 얼버무려 말했다. 예서가 교무실에 들어갔을 때 나는 깊이 생각했다.

'내가 좋아하는 거…… 내가 원하는 거…… 그게 뭐지'

깊이 고민해 보려는 찰나 문자가 한 통 왔다. 엄마였다.

학원 수업 7시인 거 알지? 교재 사는 거 잊지 말고 카드 테이블 위에 올려놨다. [오후 4시 23분]

나는 왠지 모를 답답함과 분함이 몰려왔다. 그래서 답장 하지 않고 읽씹했다. 몇 분 뒤 예서도 교무실에서 나왔다. 예서는 고등학교 진학, 그냥 여러 가지 물어봤다고 말했다. 가방을 챙기고 나서는 길, 나는 눈을 부릅뜨고 예서에게 말했다.

"오늘 나랑 놀래?"

4. Chance

"우리 왔어~"

예서가 나를 데리고 간 곳에는 한동욱하고 다른 반 애 2명이 모여 있었다. 그때 동욱이 나를 보며 의아한 표정으로 말했다.

"어? 뭐야? 네가 왜 여기 있어?"

내가 말을 얼버무리자, 예서가 대신 말해 줬다.

"놀랍겠지만 얘가 먼저 놀자 해서 우리 노는 김에 불렀지."

그러자 동욱은 놀랍다는 듯 애들을 한 명씩 소개했다. 그리고 한마디 덧붙였다.

"맨날 공부하거나 학교에서 조용히 있어서 노는 거 싫어하는 줄 알았는데 아니었구나?"

공부하거나 조용한 이미지. 그게 나의 이미지였던 건가. 내가 아니라고 하자, 동욱은 웃으면서 말을 이어갔다.

"뭐, 의외네? 우리만 믿고 따라와. 김예서하고 나하고 애들은 시내가 집이거든."

한동욱의 농담에 나도 모르게 활짝 웃었다. 옆 애들은 의아하다는 표정을 지었다.

"너 이런 거에 약하구나. 재미없는 거에 웃네."

"으이구, 뒤진다."

동욱과 애들은 티격태격하면서 재미있게 떠들어댔다. 나는 이런 분위기가 어색하면서 처음 느껴보는 감정에 괜스레 설렘을 느꼈다. 나한테 이런 건 더 이상 없다고 생각했는데 말이다. 처음 가는 곳은 노래방이었다. 애들 중 성현이라는 애가 먼저 선곡을 했다.

"야, 권성현. 니 선곡 똑바로 해라. 또 옛날 노래 불러서 갑분싸 만들지 말고."

"야, 절대 안 그러지. 네버."

그러면서 성현은 첫 곡을 선택했는데 노래방 번호가 세 자릿수였다. 최신곡은 다섯 자릿수인데 말이다.

"야, 권성현. 진짜 뒤진다."

나를 제외한 다른 애들이 재미없다는 듯 아우성쳤다. 나는 그 상황이 그저 재미있을 뿐이었다. 성현은 재미있다는 듯 노래를 불렀다. 선곡이 끝나고 그다음 누구 차례냐는 성현의 질문에 그때 다른 반애 한 명이 나에게 말했다.

"우리 새 멤버가 생겼는데 신입이 불러봐야지?"

부추기는 여자애 이름은 김규리. 규리는 나에게 큰 목소리로 제안했다. 나는 당황해서 어쩔 줄 모르고 있는데 예서가 나에게 말했다.

"진짜 너 노래 부르는 거 나도 못 봤어. 좀 보자."

그런 예서의 말에 긴장되는 마음을 붙잡고 성현이 건네주는 마이크 하나를 집어 노래를 고르기 시작했다. 그리고 노래 선곡을 하고 부르는데 자꾸 신경이 쓰여 뒤를 돌아봤다. 애들이 하나같이 다 눈을 크게 뜨며 가만히 있었다. 나에게 집중한 모습이었다. '뭐지 이 반응은?' 노래가 끝나자마자 성현이와 아이들이 내게 말했다.

"야, 뭐야? 너 노래 개잘 부른다. 가수 같아. 가수 해라."

처음 듣는 칭찬이었다. 기분이 좋기도 하고 당황스럽기도 했다. 나는 고맙다고 하고 얼굴이 빨개진 채 자리에 앉았다. 그러자 예서가 나에게 말했다.

"야! 너 노래에 재능 있는 듯? 진짜 잘 불러."

"그니까 거의 가수 xx 복사본인데? 우리 중 탑이다, 야."

나는 괜스레 쑥스러워서 그만하라고 말했다. 노래방을 나와서 인생네컷을 찍으러 갔다. 요즘 친구들은 정말 많이 찍던 인생네컷. 내가 처음 찍어보는 인생네컷에 당황해 있을 때 성현이 말했다.

"왜 이렇게 굳으셨어요. 저기 카메라 보고 스마일~~ 아가씨."

성현의 말장난에 다들 인상을 찌푸렸다. 나는 그런 애들 모습에 웃음이 터질 수밖에 없었다. 다 찍고 나서 프린트되어 나오는 종이 한 장은 나를 알 수 없는 감정에 휘몰아치게 했다. 사진 속의 나는 여태까지 볼 수 없었던 환한 웃음을 짓고 있었다. 묘한 감정이 들었다. 최근 내가 느끼지 못했던 감정이었다. 멍하니 서 있자, 한동욱은 나를 불렀다.

"야, 안 와?"

나는 정신 차리고 애들 곁으로 갔다. 그 뒤론 영화를 보러 갔다. 볼 영화는 공포 영화였다.

"여름에는 역시 공포 영화지."

"야, 김예서. 너 쫄리냐?"

한동욱이 예서한테 물었다.

"말도 안 되는 소리. 내가 이런 거 쫄겠냐? 너나 쫄지 마."

"아, 너도 쫄보야 혹시?"

한동욱이 나에게 물었다. 나는 공포 영화를 혼자 많이 봤지만 무섭다고 느낀 적은 딱히 없었다. 아니라고 하자, 권성현은 아쉬워하는 듯 말했다.

"아, 아깝다. 공부벌레의 함성을 듣고 싶었는데."

나는 또 웃을 수밖에 없었다. 애들은 여전히 재미없다는 듯 표정을 지었다. 영화가 끝나자마자 예서는 내 팔을 끌어안았다. 사실 무서운 걸 싫어하는 예서는 눈물범벅이었다.

"아이구 김예서 수도꼭지 열렸네."

"너 당장 이리 와."

예서가 끼고 있던 내 팔을 빼고 한동욱의 목덜미를 잡았다. 권성현은 둘을 쳐다보면서 놀리기 시작했다.

"와, 둘이 또 썸 타네. 썸 타지 마, 이것들아."

한동욱과 예서가 동시에 버럭대며 아니라고 하자, 나를 포함해 모두가 웃을 수밖에 없었다.

시간은 벌써 8시 30분을 가리켰다. 같이 저녁 먹자는 권성현의 말에 나는, 엄마에게 또 불신을 살까 봐 거절하려고 하는 순간 딩동, 엄마한테 문자가 다시 왔다.

엄마하고 아빠 둘 다 오늘 늦게 들어가니까 저녁 알아서 먹고 공부해. [오후 8시 31분]

엄마의 문자가 반갑기는 처음이다. 나는 아이들에게 알겠다고 했다. 예서는 어머니께서 걱정 안 하시냐고 물어봤지만, 괜히 늦게 들어오시니까 괜찮다고 하기에는 싫었다. 왠지 샘솟는 나의 자존감을 위해 오늘은 완전 반항할 거라고 예서한테 말했다. 이때 권성현이 내 말에 호응해 줬다.

"오, 모범생. 드디어 반항을 하다니. 이 시간만을 기다렸어."

성현의 말에 다들 웃음바다가 되었다. 다 웃고는 애들끼리 저녁을 뭐 먹을까 고민하고 있었는데 눈앞에 들어오는 덮밥집이 있었다. 다들 한 마음으로 직행. 나하고 예서는 새우튀김 덮밥을 먹었고, 동욱은 연어 덮밥, 규리와 성현은 장어 덮밥을 사 먹었다. 친구들끼리 먹는 저녁은 나에겐 처음이었기에 쉴 새 없이 말하고 웃으며 먹는 밥이 입으로 넘어가는지 코로 넘어가는지 헷갈릴 수밖에 없었다. 밥을 다 먹으니 9시 무렵. 동욱이 이쯤 되면 가야 한다고 말하자, 성현은 아쉬워하는 분위기였다.

"아, 이렇게 헤어지기 싫은데, 나 오늘 집에서 할 거 없다고."

그렇지만 시간도 제법 늦었고 무엇보다 열심히 노는 동욱이 가야 한다고 하니 다들 헤어지기로 했다. 나는 예서와 집 방향이 같아 같은 버스를 기다리고 있었다. 그때 예서가 나한테 말을 슬쩍 건넸다.

"오늘 괜찮았어? 애들 안 불편해?"

나는 예서의 질문에 불편한 거 없다고 답했다. 그러자 예서가 말을 이어갔다.

"나는 솔직히 불안했어. 네가 예전 일 때문에 혹여나 애들이 불편하지는 않을지. 물론 네 허락을 받고 애들이랑 논 거지만. 안 불편했다니 진짜 다행이다."

그렇게 말하곤 예서는 환하게 웃었다. 나는 그 웃음에 넋을 잃었다. 그리고 나도 모르게 눈가가 흐려졌다. 내 무릎에 따뜻한 물방울이 떨어졌다. 왠지는 모르게 계속 떨어졌다. 예서는 당황해하며 손수건을 꺼내 내 눈가를 환하게 만들어줬다.

"왜 울어, 바보야. 울지 마."

그렇게 말하곤 예서는 나를 토닥여줬다. 그 사이에 버스는 도착했고 괜히 민망했던 나는 버스를 타고 얼른 앉아 예서를 쳐다보지 않았다. 예서는 그런 나를 이해해 주는 듯 아무 말도 하지 않았다. 두 정거장 지나고 나는 내려야 해서 그때서야 예서한테 인사를 하고 내렸다. 나는 그런 알 수 없는 감정을 가진 채 집에 도착했다. 집에 도착하자마자 주마등처럼 많은 생각이 스쳤다. 현관에 익숙한 새빨간 구두가 놓여 있었다. 그리고 들려오는 누군가의 발소리. 발소리에 맞게 심장이 쿵쾅 뛰는데 목소리가 들려온다.

"너 지금까지 어디서 뭘 하고 온 거야?"

엄마다.

5. Reminding

가끔 그런 생각을 한다. 내 생각과 사고방식이 어떻게 변한 건지. 어떻게 보면 한 사람이나 한 집단의 영향이 가장 크다. 실제로 그런 연구도 있었고. 아마 나한테 그 한 사람은 지금 내 앞에 있는 저 사람일 것이다. 내 심장이 크게 뛰는 소리가 밖으로 들릴 것 같았다. 엄마는 나한테 다가와 다시 한번 물었다.

"어딜 그렇게 싸돌아다녔냐고."

나는 아무 말도 할 수 없었다. 정신은 얼른 잘못했다고 말하라고 명령을 내렸다. 근데 왜일까. 마음이 따라 주지 않았다.

"말도 없이 학원도 가지 않았던데, 그냥 공부 아예 하고 싶지 않다고 말하는 게 낫지 않니?"

나는 그런 엄마의 말투에 식은땀이 났다. 몸은 이미 반응하고 있었다. 근데 왜일까.

'안 불편했다니 다행이다.'

'오, 드디어 반항하네. 이 시간을 기다렸어.'

'너 노래 개잘 부른다. 가수 같아. 가수 해라.'

그 말들을 생각하니 갑자기 뭉클 하고 가슴이 뛰었다. 올라간 자신감에 나는 천천히 입을 뗐다.

"어. 엄마. 하기 싫어."

내 말에 엄마는 당황하는 기색이었다. 나는 말을 이어갔다.

"엄마 말대로 행동하면서 나는 못 느꼈어. 내가 좋아하는 게 뭔지. 매일 다른 하루가 시작해도 항상 내 패턴은 똑같았어. 나 행복하지 않은 것 같아."

엄마는 미간을 찌푸리며 소리쳤다.

"이게 다 널 위한 건데, 너는 왜 엄마 마음을 몰라주니? 너 같은 딸을 위해 매일같이 열심히 사는 내가 바보 같네."

평소의 나라면 정신이 명령하는 대로 행동했을 것인데, 왠지 모를 자신감에 엄마보다 목소리를 키워 말했다.

"원망스러워 해. 나는 내가 좋아하는 걸 찾고 싶고 하고 싶어. 하기 싫은 공부만 하면서 내 인생을 보내기는 싫다고!"

그때 번개가 쳤다. 콰앙. 비도 함께 내렸다. 빗소리가 뚜렷했다. 엄마는 충격에 휩싸인 듯 아무 말도 하지 않았다. 나는 그런 엄마를 보지 않고 집 밖으로 뛰쳐나왔다. 빠른 속도로 3층을 계단으로 내려갔다. 어느새 1층까지 도착하고 문 밖을 내다봤다. 하늘은 어둡고 얇지만 세차게 비가 내렸다. 고개를 드니 화살처럼 내려오는 빗소리는 나를 찌르는 것 같았다. 나는 터덜터덜 아파트 정문까지 비를 맞으며 걸어갔다. 내 모습을 비추는 물웅덩이들을 보았을 때 몇 년 전의 내 얼굴과 같은 얼굴을 하고 있었다. 나는 그런 내 모습을 보고 변하는 게 없을 것이라고 생각하고 걷고 있었다. 근데 그때 누군가의 인

기척이 느껴졌다. 동시에 익숙한 목소리가 내 이름을 불렀다. 청량하지만 그러면서도 울음에 찬 것 같은 목소리. 뒤를 보니 비를 맞으며 교복 차림으로 가방을 메고 있는 오서준이 있었다. 내 얼굴만큼 오서준의 얼굴도 창백해 보였다.

6. Sympathy

나는 몇 초간 멀뚱하니 바라보고 있었다.

내가 알던 오서준이 맞나 싶을 정도로 낯선 모습이다. 평소에 활발하고 밝은 애인데.

"넌 왜 여기 있어?"

내가 묻자, 오서준이 대답했다.

"아, 그냥 뭐… 가족들이랑 좀 싸워서. 혼자 생각하고 싶은 게 있어서 나왔는데 비가 오네."

서준은 학교에서도 너그럽기로 유명한 애인데, 그런 애도 화를 낼 줄 아는구나 싶었다. 나는 그것보다 서준이 비를 얼마나 맞았는지 물어봤다.

"응? 그냥 잠깐. 20~30분 정도?"

괜히 감기 걸리진 않았을까 걱정된 나는 편의점에서 우산을 사서 건넸다.

"아, 땡큐. 안 그래도 되는데."

"됐어. 나도 필요하거든. 2개 사긴 돈이 모자라구."

서준이 우산을 자기가 들겠다고 하자, 나는 서준에게 우산을 넘겨 줬다. 그 사이에서 정적이 흘렀다. 나는 그때 서준이 어쩌다가 가족들과 싸웠는지 묻고 싶었다. 괜히 부담스럽게 하는 건 아닌가 싶었지만, 용기를 내서 물었다.

"너 어쩌다가 가족들이랑 싸운 거야?"

서준이 멈칫했다. 그러고는 입을 뗄 듯 말 듯해 보였다.

"괜찮아. 말하고 싶은 게 있음 편하게 하구 불편하면 말 안 해 줘도 돼."

내가 오서준에게 편하게 말하라고 하자, 서준은 놀라는 기색으로 우물쭈물 망설이듯 보였지만 입을 열었다.

"그냥, 내가 함부로 이 말을 해도 되나 모르겠네. 사실 소중히 아끼던 친구가 있었어. 근데 그 친구가 세상을 떠나버렸어. 자신의 진로를 모르겠고 인간관계에 많이 지쳐 있었다는 걸 늦게 알아버렸거든. 사실 난 아직도 실감이 안 가. 그래서 며칠간 학교에 안 나간 것도 다쳐서가 아니라 마음이 힘들어서 못 나간 거야. 아무것도 못 하겠더라구. 근데 부모님은… 뭐 네가 예상하는 대로 언제까지 그렇게 살 거냐며… 싸우다가 나온 거지."

나는 그런 서준의 말을 가만히 듣고 있었다. 듣고 있는 내내 깊은 생각에 잠겼다. 막상 밝아 보이는 애가 항상 그런 건 아니었다고 말이다. 대화 속에 빗소리만 들리자, 서준은 머쓱한 듯 웃었다.

"괜히 이런 말 했네. 미안해. 근데 너는 왜 그런 거야? 이 시간에 여기 왜 비를 맞고 있어?"

이런 상황에서도 내 감정을 생각해 준 서준에게 그때 예서와 동욱한테서 느꼈던 그 감정을 똑같이 느꼈다. 그래서 말했다.

"나도 뭐, 그냥 엄마랑 싸워서 나온 거지. 너랑 비슷하게."

"그래? 통하네. 우리 둘."

나는 서준의 상황에 대해 말을 꺼냈다.

"그보다 가족들은… 네 감정을 이해해 주지 않는 거야?"

서준은 대답하지 않았지만 나는 그 의미를 알 것 같았다.

"많이 힘들었겠다. 친구를 잃은 슬픔은 말하기 어려울 정도로 큰데 말이야. 내가 감히 입에 담을 수 없을 정도로 슬퍼한 게 느껴져."

내 말에 서준은 가만히 나를 바라봤다. 그러고는 서준은 나를 바라보다 고개를 푹 숙였다.

"부모님의 말씀에 크게 상처받지 마. 그리고 지금 힘든 거, 혹시 필요하다면 나한테 털어놔."

서준의 손에 쥐어진 우산 손잡이를 다시 내가 쥐자, 서준은 무릎을 구부리며 고개를 숙였다. 그러곤 서준은 가만히 있었다. 나는 그런 서준의 등을 토닥여 주며 아무 말도 하지 않았다. 몇 초간의 빗소리만이 지나자, 서준은 일어서서 내게 말했다.

"고맙다. 덕분에 좀 낫네."

서준의 눈가는 빨갛게 물들어 있었다. 나는 그런 서준의 얼굴을 보고 고작 몇 년 전의 내 모습이 생각났다. 나는 그런 서준의 말에 몇 초간 대답하지 않다가 입을 뗐다.

"너, 지금 모습 내 옛날 모습 같아."

서준은 무슨 소리냐며 물었다. 지금 서준은 과거의 내 기억과 같은 표정이었다. 나는 얼른 아무것도 아니라고 넘기며 마저 서준에게 말했다.

"네가 언제든지 그 친구 때문에 슬프면 울어도 돼. 정신 차릴 타이밍은 네가 언제 지 알 거 아냐."

내 한 마디에 서준은 고개를 또다시 한번 푹 숙였다. 나는 아무 말도 하지 않고 우산은 든 채, 서준을 내려다봤다. 몇 분 동안 서준은 그러고 있다가 일어서서 다시 내게 말했다.

"그러고 보니 너 내 짝 아냐? 한마디도 안 하다가 처음 말하네, 우리."

"오늘부터 많이 하면 되지. 잘 부탁해."

내가 환하게 웃으니, 서준도 날 따라 환하게 웃었다. 그 얼굴은 개가 어디서나 볼 수 없던, 누가 봐도 행복한 감정을 받아들인 표정이었다. 그때 서준은 내게 말했다.

"너는 너네 어머니하고 왜 싸운 거야?"

나는 나의 감정도 서준에게 말했다. 그러니 서준이 말했다.

"으어어. 공부를 어떻게 하는 거래. 넌 엄청 선행도 많이 하잖아. 나는 그거 못 해 절대. 일주일도 못 할걸? 왜라고 생각해?"

갑작스러운 질문에 당황했지만, 나는 당연한 답을 했다.

"음… 너는 공부 하는 거 별로 안 좋아하잖아."

"그치? 너도 그럴 수 있겠지만. 아무리 우리 사회 분위기가 자신들이 좋아하는 것보단 잘하는 것을 전공하는 게 편하다고 하고, 그리고 잘하는 건 성적에 맞추면 된다고. 그게 살아가기에 더 유리하다고 생각하잖아. 근데 나는 그렇게 생각 안 해."

서준이 진지하게 말하자, 나도 집중하며 듣게 되었다.

"너도 그렇게 생각하잖아? 똑똑하니까. 좋아하는 것에 대한 열정이 있어도, 사회에서는 넘을 수 없는 벽이 있다는 거."

"… 맞아. 네 말이."

"어랏, 또 통하네?"

나랑 서준은 마주 보며 웃었다. 어느새 비는 그친 지 오래였다. 나와 서준은 서로의 집으로 돌아갔다. 서준의 얘기를 들으니, 엄마의 입장도 아예 이해가 안 되는 건 아니라고 제대로 느꼈다. 어느새 우울했던 표정은 날아가고 밝은 표정으로 집에 들어갔다.

7. If

눈을 뜨니 아직 어둑어둑하다. 시계를 보니 시침은 4를 가리켰다. 잠을 설쳤나 싶었다. 창밖에는 비가 추적추적 내린다. 밖에서 들리는 물웅덩이를 밟고 지나가는 소리, 지면에 떨어져 퍼지는 빗방울 소리. 그 소리가 잔잔하게 귀를 통해 뇌로 전달되어 잠을 다시 잠들 수 있었다.

·

·

．

쨍쨍. 강하게 내리는 햇빛에 자연스레 눈이 떠졌다. 몸이 뻐근해 기지개를 켜니 세상 개운할 수가 없었다. 팔을 내리고 자연스레 핸드폰을 잡아 시간을 확인했다.

오전 8시 10분
와. 망했다.

넥타이를 다 매지도 않은 채 학교로 달려왔다. 올해 살면서 체육 건강 체력검사 말고 이렇게 열심히 뛴 적은 없을 거다. 다행히 제시간에 도착해 겨우 지각은 면했다. 심장의 박동이 빨라졌다. 멈춰 있던 것이 갑자기 움직이는 것처럼. 1반에 헐레벌떡 들어가자, 다른 날과는 사뭇 다른 나의 거지 같은 꼴에 예서는 웃기에 바빴다.
"야, 너 왜 늦었냐? 늦은 건 처음 보는데."
"와 반항한다더니. 이제 지각까지 한다. 진짜 진심이었냐."
예서와 성현은 의아하다는 듯 나를 보고 있었다.
"칫, 그렇게 보지 마, 이것들아."

그때 옆에서 내 이름을 부르는 소리가 들렸다.
"와, 모범생도 지각은 하네."
서준이었다. 학교에서는 첫 대화지만 어색하지 않았다. 오히려 서로 쓱 웃어 보였다.

"나도 인간이거든."

"모범생들은 막 7시에 학교 와서 공부하지 않나?"

"언제 적 그런 얘기야. 다 그런 줄 아네."

말 한마디 나누지 않던 나와 서준이 편하게 대화하자, 예서와 성현은 더 의심스럽게 나를 쳐다봤다. 서준이 자리에 떴을 때, 예서는 나에게 물어봤다.

"야, 너 뭐야? 너 오서준이랑 뭐 있냐?"

나는 당황해서 그냥 짝이니까 원래 조금 친했다고 말했다. 예서는 뭔가 있다면서 의미심장한 눈길로 나를 위아래로 훑어봤다.

그때 갑자기 성현이 나와 예서한테 말했다.

"아, 맞다. 얘들아. 우리 기말고사도 끝났는데 방학 중에 노실?"

"방학 중에? 좋지. 완전 좋아. 어디 갈 건데?"

예서가 물었다.

"우리… 바다 갈래?"

"엥 갑자기 바다?"

"응응. 나 이번에 성적 조금 올랐다고 우리 엄마가 태워주신대. 완전 꿀 아님?"

관심 없는 척 이야기를 듣고 있던 나도 거들었다.

"누구 누구 갈 건데?"

"일단 동욱이한테 물어봤는데 된다 했고, 김규리도 된다 했어. 뭐 더 부르고 싶은 사람 있어?"

나는 괜히 서준이 신경 쓰였다.

"내가 오서준한테도 물어볼까?"

내가 말을 하자마자 예서는 손으로 입을 막고 눈이 커졌다. 성현은 갑자기 목소리를 높였다.

"아, 뭐냐 진짜? 너 오서준 좋아하냐?"

나는 괜히 쑥스러워 아니라고 소리쳤다. 둘은 뭐가 그리 좋은지 계속 떠들어댔다. 다행히도 그때 마침 담임 쌤이 오셨다.

"너네 시험 끝났다고 자주 놀러 가더라? 그래. 며칠은 푹 쉬면서 보내. 근데 진로도 생각해야 하는 거 알지? 너무 정신줄 놓고 있지 말고. 오늘도 수업 잘해."

담임 쌤이 나갈 때 나는 쌤이 나에게 말했던 게 생각났다. 그래서 가방에 있는 스케치북을 꺼내 샤프로 원을 그렸다. 나도 이 원처럼 둥글고 각지지 않은 삶을 살아가고 싶다고 생각했다. 그때 엄마의 말을 어기고 놀러 간 날이 생각났다. 내가 친구한테 들었던 가장 진심 어렸던 칭찬들. 나는 다시 곱씹어 생각해 보게 됐다. 1교시, 수학 시간을 마치고 쉬는 시간에 바다에 가는 애들끼리 교실 구석에 모였다. 그때 성현이 말을 꺼냈다.

"자, 여러분. 우리 오서준 님을 데리고 가자는 이분의 의견을 어떻게 생각하시나요? 물론 당사자인 오서준 님에게는 아직 물어보지 않았습니다만."

동욱은 괜찮다고 말했다. 규리와 성현, 예서도 모두 같은 반응이었다.

"사람 많음 재미있고 좋지. 거기서 어떤 커플이 생길지는 모르는 일이고."

"아, 그만 좀 해 진짜."

내가 버럭대며 웃자, 애들은 더 목소리가 커졌다. 그리고 규리는 서준한테 당장 다가갔다. 쟤가 저렇게 행동이 빠른 애였나. 그리고 다시 우리한테 와 흥분한 표정으로 말했다.

"야, 된대. 된대. 된대. 된대."

"와, 오서준도 너한테 관심 있는 거 아냐?"

성현이 부추겼다. 나는 반쯤 체념하고 넘겨 들었다.

그런데 가만 생각해 보니 엄마가 허락하실까? 내가 나가서 노는 것도 엄하게 제한하시는 분인데, 바다에 가는 걸 허락받을 수 있을까 싶었다. 뒤늦게 애들한테 그렇게 말하니, 천천히 해도 되니까 부담 갖지 말라고 해줬다. 마음이 좀 편해졌다. 좋은 애들이다.

학교를 마치고 집에 돌아오니, 또 새빨간 구두가 보인다. 4시 반에 엄마가 돌아왔을 리 없는데 싶어서 발뒤꿈치를 높여 조용히 거실을 살펴보니, 엄마는 소파에 앉아 에어팟을 낀 채 핸드폰을 보고 계셨다. 나는 괜히 전에 마음대로 뛰쳐나온 일 때문에 선 뜻 말을 걸 수가 없었다. 등을 돌린 채 조용히 돌아가려고 할 때 낮은 목소리가 들렸다.

"왔니?"

8. Believe

낮지만 청량한 목소리에 놀란 나는 뒤를 돌아봤다. 엄마는 에어팟을 빼서 손에 들고 내 얼굴을 쳐다보고 계셨다. 나는 괜히 민망해져 끝을 얼버무리며 대답했다. 그 상태로 몇 초간 정적이 흘렀다. 정적을 깨고 엄마는 말씀하셨다.

"전에 네 말, 진심이었니?"

전에 일, 내가 뛰쳐나갔던 그 날의 이야기이다. 괜히 그 일 때문에 감정이 자극됐던 나는 굳건한 목소리로 대답했다.

"어. 엄마. 진심이야."

엄마를 똑바로 바라보고 진지하게 대답하니, 엄마는 살짝 놀라는 기색을 보이셨다. 그 뒤로 나를 어떻게 설득이라도 하려는 듯 천천히 말꼬리를 늘이셨다.

"엄마가 왜 다시 이 이야기를 꺼낸다고 생각해? 네가 살 미래에는 사회 분위기에 어우러져 남을 직업이 얼마나 많아지겠어, 근데 대부분이 다 기술 쪽이고 과학 쪽인 거 알고 있지? 그래서 엄마가 시키는 거구. 그런데도 너… 공부하기 싫어?"

엄마가 뭔가 단단히 오해를 하고 계신 거 같았다. 나는 공부가 하기 싫은 게 아니었다. 공부만 하면서 살아가다 내가 좋아하고 있던 것들을 놓칠 뻔했던 과거의 내가 싫은 거였다. 이렇게 말하니 엄마는 소파에서 일어서면서 내 눈을 바라보며 말씀하셨다.

"그럼, 네가 증명해 봐. 네가 좋아하는 것에 얼마나 진심인지."

엄마의 그 한마디. 나에게 건네는 손길 같았다. 내가 인정받기 위해서 노력하면 된다는 것이었다.

"알겠어. 꼭 보여줄 거야. 내가 좋아하는 것을. 그리고 내 생각이 맞았다는 것을."

"그래. 기대하고 있을게."

그렇게 말하고 엄마는 방에 들어가셨다. 나는 왠지 기회를 받은 것 같아서 기분이 좋아졌다. 엄마도 많이 생각하셨던 거겠지. 엄마한테 감사했다. 그렇게 생각하며 나는 내 방에 들어갔다.

9. Youth

유난히 더 빛나던 햇빛, 뜨겁게 달궈진 차 안에 탑승했다. 창문을 바라보니 햇빛을 반사하는 바다는 내 기대를 들끓게 했다. 평소 듣던 노래가 더 신나게 들리고 들뜬 분위기는 여행 분위기를 확연히 살려주었다. 도착하니 성현이 소리쳤다.

"와, 바다 쩐다. 완전 이쁘다!"

성현하고 규리는 바다로 뛰어갔다. 나와 예서는 바닷가 근처에 있는 벤치에 앉았다. 동욱은 둘을 향해 잔소리를 했다.

"야, 이것들아. 수영도 못하면서 막 들어가지 말라고!"

동욱의 큰 목소리에 마구 뛰어가던 둘이 순순히 나왔다. 나와 예서는 그 광경이 재미있어서 지켜봤다. 그때 내 어깨에 무거운 것이 느껴져 고개를 올려 뒤를 보니, 서준이 내 어깨에 팔을 올려 턱을 괴고 보고 있었다.

"쟤네는 진짜 젊구나. 에휴."
"우리 같은 나이입니다요."
"생일이 다르잖아. 나는 11월이라서 제일 막내일걸?"
"아니? 내가 막낸데. 나 12월이야."
"아고 그러셨어요? 그럼 동생이라고 부를까?"
"죽는다. 진짜."

그때 성현이 소리치는 게 들렸다. 동욱한테 훈수를 다 들었나보다 싶었다.
"야, 너네 들어와. 노잼처럼 벤치에 앉아 있지 말고. 완전 좋아!"

그때 서준이 날 쳐다봤다. 다음에 성현에게 소리치고 있는 예서를 바라봤다. 서준이 예서를 데리고 가자는 제스처를 하자, 나는 눈치 채고 예서에게 좀 걷자고 일어서게 한 뒤, 예서의 등을 밀고 서준이 예서의 두 손을 잡고 다 같이 바다에 들어갔다. 예서는 놀랐는지 소리를 질렀다.
"야, 이것들아. 하지 말라고!"
고래고래 소리 지르면서 웃는 예서의 얼굴이 더 재미있었다. 그렇게 햇빛이 쨍쨍했던 하늘과 바다를 마음껏 즐기고, 어느새 주황빛으로 물들 때쯤 우리는 차를 타고 돌아가고 있었다. 신호가 걸렸을 때 경치를 바라보니 노을 지는 주황빛 하늘 속에 유난히 더 빛나는 해가 넘어가고 있었다. 나는 오랜만에 보는 아름다운 광경에 넋을 잃었다. 그때 누가 내 어깨를 가볍게 건드렸다. 고개를 돌리니 서준이 나에게 말을 걸었다.

"넌 안 자? 애들 다 자네. 그렇게 죽도록 놀더라니."

"많이 뛰었으니 피곤했을 거니까."

그렇게 대화를 이어가다, 서준이 뭔가 말하려는 것처럼 보였다. 내가 왜 그러냐고 물으니, 서준은 멈칫거리며 말을 걸었다.

"음… 너는 혹시 어느 쪽으로 진로 정할 거야?"

"뭐야. 그거 묻는데 왜 그렇게 망설였대?"

"아니 그냥, 전에 어머니랑 싸웠다 했잖아. 괜히 얘기하면 좀 그럴까 봐. 조심스러워서."

사실 진지하게 생각한 적은 없었다. 쌤이 나에게 그렇게 말씀해 줬었지만, 아직 진지하게 고민한 적은 없었다. 다만 예전보다 조금 가슴이 뛰기 시작했다. 나의 길을 찾을 수 있을 것만 같다.

"아직 결정 안 했어도, 네가 원하는 길이 분명 있을 거라는 건 알지?"

담임 쌤이랑 똑같은 말을 했다. 애 어른 같다.

"그럼 알아. 나도 그걸 찾으려고 하는 중이구."

"응원할게."

나도 서준도 싱긋 웃었다. 그리고 둘은 더 이상의 말 없이 창가를
다시 봤다. 그날의 해는 더 유독 빛나는 것 같았다.

🍃 마치며 ～～～～～～～～～～～～～～～～～～～

후기를 쓰다니 기분이 이상합니다.

저는 이 책을 쓰면서 많은 감정을 느꼈습니다. 이 책에서는 주인
공의 이름이 따로 언급되지 않았다는 걸 알아채셨는지 모르겠네요.
굳이 제가 언급하지 않은 이유는 이 책에서 이야기하는 주인공의 배
경이 저와 같은 평범한 10대들, 특히 중학생들이 느낄 수 있는 감정
과 또 다른 압박을 보여주기 때문입니다. 아마 대부분이 그러한 삶
을 살아왔고 누구나 그러한 시점에 대입할 수 있다는 의미에서 따로
적지 않았습니다. 이 소설의 주인공은 누구나 될 수 있는 거니까요!
제 친구들과의 추억을 토대로 글을 적어봤었는데 추억 여행을 한
거 같아 저도 좋았습니다. 그리고 사춘기를 겪고 있는 저의 복잡한
감정들이 조금은 정리된 것 같기도 합니다.
제 글 속에서는 아픈 청춘을 보내고 있는 10대 학생들이 친구들을
통해 힐링하고 성장하고 있습니다. 조금이라도 공감되셨기를 바라
며, 여러분도 그렇게 성장하길 바라는 마음입니다. 그럼 마음도 몸도
건강한 순간들을 보내시기 바라며, 마지막으로 부족한 저의 글을 읽
어 주셔서 감사합니다.

누군가의 봄

———

'나도 작가' 책쓰기반 3학년
이소윤

작가소개

작가명……소윤

꿈……행복하게 살기

좌우명……폼생폼사

취미……그림 그리기, 음악 듣기

좋아하는 가수……백아

좋아하는 음식……맛있는 것은 무엇이든 다!

◆ 십 대. 빛나는 순간을 보내고 있는 나에게 한 마디……

힘들어…그치만

잘하고 있어. 지금도 빛나고 있는 너를 응원해.

시작하다

소설을 읽은 적은 많지만 적어보는 건 처음인 것 같습니다.
그래서일까요,
조금 걱정이 되기도 합니다.
과연 제가 잘 해낼 수 있을지 말이죠.
하지만 처음부터 잘할 수 있다는 사람은 없으니까요.
최선을 다해 적어보려고 합니다.

정말 글을 쓴다는 건 대단한 일 같습니다.
마냥 독자의 시선에서 소설을 보았을 땐 저 또한
대단한 소설을 적을 수 있을 것 같다는 자신감이 들기도 했지만…
이번 글쓰기 활동으로 직접 작가가 되어보니 모든 과정이 무척 막
막하게 다가오는 것 같습니다.
이야기를 구성하고, 이야기를 작성하고, 제목을 정하는 것 등
모든 게 막막하기도 했습니다.

정말 포기할까 하는 생각도 여러 번 든 것 같네요.

하지만 이때가 아니면 또 언제쯤 소설을 각 잡고 제대로 쓸 수 있을지 모르니 열심히 해보려 합니다.

마지막으로 이렇게 시작부터 끝까지 한 편의 글을 직접 기획하고 작성해 볼 수 있는 기회를 주신 사서 선생님께 감사드립니다. (__)

1. 달콤한 여름방학

투명한 물방울과 반짝이는 잎사귀

오후 1시의 푸르른 하늘과 거품 구름

약간 녹슬어 있는 붉은빛의 우편함

지붕 끝에 걸려 있는 유리 풍경

집 곳곳에서 나는 매실 향기

거실 바닥에 먹고 남긴 스트로베리 쇼트케이크

낮은 식탁에 놓여 있는 풋사과 하나의 식감

'정말이지, 그런 달콤한 여름방학을 보내고 싶었어.'

찬희는 그렇게 생각하며 자신의 책상 한 편에 올려져 있던 음료수 캔을 집어 들고선 단숨에 음료수를 들이켰다. 그녀의 책상에는 음료수 캔뿐만이 아니라 여러 종류의 문제집, 피자집에서 배달을 시켰을 때 무료로 받았던 조잡한 달력, 초등학생일 때부터 써왔던 낡은 필기구들이 가득 올려져 있었다.

'이렇게 온종일 학원 숙제에 시달릴 줄 누가 알았겠어.'

찬희는 온몸으로 숙제를 하기 싫은 티를 팍팍 내어 가며 문제를 풀었다. 오늘따라 유달리 집중이 잘되지 않았다. 날씨 때문인가. 확실히 날씨는 좋지 않았다. 분명 일기예보에선 맑은 날씨일 거라 했던 것 같은데, 어제저녁 TV 속 기상 캐스터의 말이 무색할 정도로 비가 세차게 내리고 있었다. 잠시 창밖을 쳐다보던 찬희는 한숨을 쉬며 중얼거렸다.

"휴- 내가 원했던 여름 방학이랑은 완전 딴판이잖아."

2. 한 권의 책

다음 날, 오후 1시.

어제 날씨는 마치 거짓말이었던 것처럼 햇볕이 카랑카랑하게 내리쬐고 있었다. 찬희는 동네에 있는 작은 도서관에 와 있었다. 평소 책 읽기를 좋아하던 찬희에게 도서관은 마음의 안식처나 마찬가지다. 다만 조금 아쉬운 게 있다면 사서가 너무 무뚝뚝하다는 것이다. 무언가 말 걸기가 어렵다. 그래도 찬희는 이 도서관 공간이 참 좋다.

오랜만에 도서관에 온 찬희는 책을 유심히 고르고 있었다. 그렇게 책을 고르던 중, 찬희의 눈에 책 한 권이 보였다. 찬희는 홀린 듯 손을 뻗어 책을 꺼내 보았다. 그 책은 손을 댄 사람이 거의 없었는지 무척이나 깨끗한 상태였다. 책의 표지에는 제목이 대문짝만하게 쓰여 있었다.

책의 제목은 「청춘예찬론」. 찬희는 제목이 너무 닭살 돋는다고 생각하며 책을 펼쳐보았다.

짧다면 짧고 길다면 긴 몇 분이 흐르고, 결국 찬희는 그 책을 손에 든 채로 도서관에서 나왔다.

'오랜만에 나온 거니깐, 먹을 것도 좀 사서 갈까.'

그렇게 생각하고 케이크가 맛난 동네 빵집으로 들어갔다.

3. 주인공과 나

집으로 돌아온 찬희는 곧장 편한 실내복으로 옷을 갈아입고 밖에서 사 온 간식을 접시에 담았다. 오늘의 간식은 블루베리 쇼트케이크. 좋아하는 딸기 쇼트케이크는 이미 오전에 전부 다 팔려버려 아쉬운 마음으로 블루베리 케이크를 사 왔다. 뭐, 블루베리도 맛있으니깐 딱히 상관은 없고 지금은 딸기 철도 아니니까. 찬희는 그렇게 생각하며 아쉬운 마음을 떨쳐냈다. 콧노래를 부르며 포크로 생크림을 살살 긁어모아 한입에 넣었다. 역시나 달콤하고 맛있었다. 찬희는 아주 편하게 침대에 누운 채로 입안에서 생크림의 맛을 음미하며 책의 표지를 넘겨 천천히 읽기 시작했다.

10분,

30분,

1시간,

2시간이 지났다.

포크를 들고 있던 그의 왼쪽 손은 이미 멈춘 지 오래였다. 책을 보고 있는 찬희의 눈이 별처럼 환하게 반짝였다. 얼마나 집중해서 봤는지 벌어진 입에서 침이 흐를 지경이다. 침을 닦아내던 찬희는 다시 종이를 넘겼다. 생뚱맞게 작가의 후기가 적혀 있었다. 찬희의 동공이 살짝 흔들렸다. 아마 당황했으리라. 찬희는 다시 앞쪽으로 종이를 넘겼다. 그 부분이 분명 끝이었다. 너무 열린 결말?

찬희는 책을 덮고 고개를 들어 천장을 쳐다보았다. 책은 작가라는 꿈을 가진 한 여학생의 이야기를 담고 있었다. 이야기 속 주인공은 어디에서나 쉽게 볼만한 아주 평범하고 전형적인 대한민국 학생이었다. 미래에 대해 고민하고 학업으로 인해 가족과 갈등을 겪기도 하며 대인관계로 이별을 겪으며 힘들어하기도 하지만 친구들과 추억을 쌓으며 조금씩 성장한다. 책에서의 순간순간들이 특별하지 않지만 그래서 더 좋았다.

찬희는 그런 이야기 속 주인공에 대해 여러 가지 생각을 하다 조용히 중얼거렸다.

"아- 좋다."

　찬희는 내심 「청춘예찬론」이라는 책 속의 주인공이 자신과 많이 닮았다는 생각을 했다, 특히 작가가 꿈이라는 면에서.
　찬희는 또다시 생각했다. 자신과 주인공은 많이 닮았는데,
　'그럼 나도 지금 청춘인 건가?'
　'아니, 아니지. 이렇게 재미없고 따분한 일상에 학원 숙제 가득한 시절이 무슨 청춘이란 말이야. 애초에 청춘이란 게 뭐지?'
　찬희는 한참을 골똘히 생각했다.

"청춘이라~ 어렵네."

　찬희는 그렇게 혼자 나긋이 말하곤 남아 있는 블루베리 케이크를 포크로 먹기 시작했다. 달콤한 음식을 먹으면 머리가 잘 돌아가서 의문이 풀릴 거라 생각했는데, 아니다. 오히려 배만 불러왔다.

"청춘, 청춘, 청춘…."

　흠- 같은 말을 반복해 봤자 의문이 풀릴 리가 없었다. 그렇게 많은 생각을 품은 채로 여름 방학의 마지막 날이 지나갔다.

4. 작가

다음 날 아침 7시 30분.

찬희는 책가방을 메고 도서관에서 빌린 책을 손에 든 채로 집을 나섰다.

드디어 개학이군, 아니다. 벌써 개학이군. 아, 피곤하다. 피곤해.

타야 할 전철이 방금 지나갔다. 찬희는 다음 전철을 기다리는 짧은 시간, 취미로 적는 소설을 노트에 쓰고 있었다.

그때,

"너 무척 재미있는 글을 쓰는구나."

옆에서 차분하고도 느린 목소리가 들려와 고개를 쓱 돌려다 보니 긴 백발의 노인이 찬희를 향해 웃고 있었다.

노인은 동그란 안경을 쓰고 있었고 톤 다운된 차분한 노란빛의 카디건을 입고 있었다.

"아, 어… 저기,"

찬희는 자신에게 말을 건 노인에게 누구인지 물어보려 했으나 당황해서 입이 쉽게 떨어지지 않았다. 노인은 이에 웃으며 말했다.

"아아, 미안하구나. 네가 글 쓰는 걸 꽤 좋아하는 것 같아서 말이야. 그리고 지금 네가 쓰고 있는 그 글도 나름 재미있는 것 같아 보여서, 자꾸만 보게 되다가 나도 모르게 말을 걸어버렸네."

노인은 계속해서 말을 이어나갔다.

"난 네가 들고 있는 그 책을 쓴 작가란다. 사실 내 책은 잘 알려지지 않아서, 그 책을 들고 있는 널 보고 조금 놀라고 반가워서 유심히 본 거란다."

이에 찬희는 놀란 듯 입을 다물지 못하였다.

"으, 어어… 저, 정말요? 대, 대단하시네요…."
"후후, 고맙구나."

노인은 계속해서 웃으며 찬희에게 말했다.
"그러고 보니, 넌 백화여고 학생인 것 같은데, 지금 이 전철에 빨리 타는 게 좋을 것 같구나, 안 그럼 지각할지도 모른다?"

이에 찬희는 시계를 보고 난 후 서둘러 가방을 챙겨 전철을 향해 달리던 중, 갑자기 멈춰 서서 고개를 돌렸다.
한 가지, 물어보고 싶은 것이 생긴 것이다.
"저기 작가님, 작가님의 성함은 무엇인가요? 책에도 필명만 있고 성함이 적혀 있지 않아서요."

이에 노인은 천천히 입을 열어 말하였다.
"내 이름은… 란다."

찬희는 노인의 말이 끝나기가 무섭게 허리를 숙여 인사를 하고선 전철에 탑승했다. 그것이 그 노인과 찬희의 첫 만남이었다.

5. 청춘, 그리고 카페

찬희는 학교를 마치고 자신의 집 근처에 있는 작은 카페로 들어갔다. 비록 이름도 없는 작은 카페였지만 음료 맛 하나는 기가 막혔다. 이렇게 음료를 잘 만드는데도 사람이 없다는 것이 이상할 정도였다.

오늘은 취미로 하는 소설도 쓰고, 조금 쉬다 가기 위해 들렀다. 오늘의 간식은 초코쿠키 프라페와 스트로베리 쇼트케이크. 찬희가 이 카페에서 가장 즐겨 먹는 메뉴들이다. 프라페를 빨대로 한 입 쪼옥 빨아먹자 혀가 마비될 정도로 달콤한 초콜릿 맛이 났고, 쇼트케이크에선 딸기의 상큼한 맛과 생크림의 달콤한 맛이 동시에 입 안 가득 느껴졌다. 아, 행복하다. 개학의 우울함이 싹 날아가는 것만 같았다.

본격적으로 가방에서 노트를 꺼내 취미로 하는 소설을 적기 시작했다. 그렇게 한창 글쓰기에 열중하던 그때.

"안녕. 또 만났구나, 우리."
아침에 지하철역에서 본 그 노인이었다.

"아, 안녕하세요!"
노인은 인사를 하는 찬희를 보고선 흐뭇한 듯 웃었다.
"반대편에 앉아도 될까?"
찬희는 대답 대신 고개를 힘차게 끄덕였다.

그렇게 노인은 천천히 찬희의 반대편에 앉았다. 노인은 카페 라테가 담겨 있는 컵을 손에 들고 있었다. 노인은 한참 동안 글을 쓰는 찬희를 바라보더니 천천히 입을 열었다.

"글 쓰는 걸, 무척 좋아하는구나."

"아, 네. 책 읽기랑 글쓰기 모두를 좋아하는 편이에요."

라고 대답했다.

 노인은 '흐음-'이라 말하고선 커피를 마셨다. 한 모금을 마신 후, 노인은 천천히 찬희에게 물었다.

"지금 네가 쓰고 있는 글, 잠시 내게 보여줄 수 있겠니?"

 이에 찬희는 잠시 망설이다 말했다.

"그럼요. 그런데 보고 나서 비웃지만은 말아주세요.(웃음)"

"알겠다, 당연하지."

 노인은 찬희에게서 노트를 받아 글을 찬찬히 읽기 시작했다. 글을 읽는 노인의 얼굴은 지금까지 찬희가 봐왔던 웃는 얼굴이 아닌, 냉정해 보이는 무표정한 얼굴이었다. 찬희는 그 얼굴을 보고 정말 같은 사람이 맞는 건가 하는 생각이 들었다. 그리고 노트를 괜히 전달했나 하는 후회도 들기 시작했다.

 한참 후,

노인이 마시던 커피가 전부 식어갈 때쯤 노인이 입을 떼고 천천히 말했다.

"흠– 내가 쓴 책의 이야기와 꽤나 많이 비슷하구나."

이에 찬희가 몸을 움찔거리다 곧 입을 열고 말했다.

"네에… 사실 작가님의 책에서 영감을 좀 많이 받아서요."

"흐음– 솔직히 말해도 되겠니? 그게 네게 더 도움이 될 테니 말이다. 아직은 많이 투박하구나. 표현이 아직은 많이 부족해. 너만의 이야기를 잘 끌어낼 수 있는 아이인 것 같은데 말이다."

아, 내 나름은 열심히 쓴 거였는데. 노인이 그렇게 생각한다니 찬희는 조금 속상해졌다. 찬희는 달콤한 케이크를 먹으며 애써 기분을 감춰 보려 했다.

노인은 말없이 디저트를 먹는 찬희를 바라보며 물었다.

"청춘이 뭐라고 생각하니?"

그의 물음에 찬희는 대답 없이 케이크를 씹던 입을 멈추고 그를 쳐다보았다.

"소설 속 주인공이 '청춘은 뭘까.'라고 고민하는 부분이 보여서 말이야, 혹시 글을 쓴 너는 알고 있나 해서. 어떻게 생각하고 있는지 물어봤지."

찬희는 생각에 잠겼다. 그러다 알게 되었다. 찬희는 자신이 쓴 이야기 속 주인공에 자기 자신을 투영하였던 것이었다. 생각이 복잡해졌다.

한참의 침묵 후, 찬희가 입을 떼며 말했다.

"솔직히 말해서 저도 잘 모르겠어요. 왜냐하면 전 그 이야기 속 주인공에 절 투영해서 소설을 적고 있었던 것 같아요. 제가 모르는데 그 주인공도 알 리가 없잖아요. 적으면서 스스로 발견하고 싶었던 것 같기도 해요."

이에 노인이 말했다.

"적어도 난 청춘이 꼭 내 책에서 나온 것처럼 학생의 것뿐만이 아니라고 생각한단다. 난 그저 하나의 예를 든 것뿐이니까. 청춘은 푸른 봄이고, 결국 봄은 매년 계속 반복해서 찾아오는 법이지. 이번 해에 오고 다음 해엔 오지 않는 게 아니라. 물론 그 수많은 봄날 중에 더 아름다운 봄이 있을 테고. 그때가 바로 진정한 청춘이겠지. 언제든 찾아올 수 있단다."

찬희는 노인의 말에 홀린 듯 계속해서 듣고 있었다.

"결국 내가 하고 싶은 말은 누구나 청춘이라는 거야. 성별이나 나이에 상관없이 누구에게나 봄은 찾아오니깐."

노인은 그리 말하고선 다 식어버린 커피를 한 모금 마셨다.

“내가 하고 싶은 말이 조금은… 이해가 갔으려나?”

찬희는 말했다.

“네. 정확하게는 모르겠지만, 조금 이해될 것 같기도 해요. 그런데 궁금한 게 있어요. 작가님 말씀처럼 매년 봄이 오기는 하지만, 내가 정말 청춘이다 싶은 시기는 있을 것 같아요. 그럼 작가님에게 진정한 청춘의 순간은 언제셨나요?”

노인은 잠시 뜸을 들이다 천천히 찬희에게 말했다.

“이상하게 들릴 수도 있지만 솔직하게 말하자면, 아직 다가오지 않은 것 같구나. 하지만 모르지? 나는 늘 기다리니까. 언젠가는 나에게도 그 어느 때보다도 푸르고 아름다운 봄이 찾아올 테니. 그래서 난 늘 기대된단다.”

찬희는 여러 생각이 들었다. 노인의 말은 여러 생각을 하게 만드는 말이었다.

찬희가 생각에 잠겨 있던 그때, 노인이 다시 입을 열어 말했다.

“그럼 난 이만 가봐야겠구나. 어둡기 전에 너도 서둘러 집에 들어가고, 알겠지? 너의 글을 또 보게 될 날이 있었으면 좋겠구나.”

“네. 저도요.”

노인이 카페를 떠나고 찬희는 잠시 생각에 잠겼다.

'나에게 청춘은 언제일까?'

그러다 찬희는 잠시 창밖을 바라보았다. 지금은 봄이 아니라 여름
이다. 하지만 창밖에 보이는 나무는 분홍빛 노을에 비쳐 언뜻 보면
벚나무로 보이기도 했다. 찬희는 노인이 한 말을 떠올려보았다. '봄
은 언제든지 찾아올 것이다.'
찬희는 잠시 생각하다 웃음을 지어 보이고는 카페를 나섰다.

청춘은 결국 누구에게나 찾아올 것이다.
노인은 봄은 계속해서 돌아온다고 말했다.
틀린 말은 아니다.

사계절은 결국 계속해서 반복될 테니깐 말이다.
봄뿐만이 아닌 여름, 가을, 겨울.

각기 다른 계절들도 충분히 청춘이 될 수 있을 것이라는 생각을 하
며 찬희는 하늘을 올려다보았다. 오늘따라 유달리 분홍빛 노을이 진
한 저녁이었다. 갑자기 행복하다는 생각이 들었다.

이윽고 찬희는 생각했다.

'어쩌면 청춘은 이미 찾아왔을지도 몰라.'

🍃 마치며 ∿∿∿∿∿∿∿∿∿∿∿∿∿∿∿∿∿∿

와우

와아우

와아아우

와아아아우

와아아아아우

드디어 끝이 나고 후기를 적는군요.

분명 오늘 컴퓨터 앞에 앉았을 땐 해가 떠 있었는데

왜

후기를 쓰고 있는 지금은 해가 져버린 밤이 되어버린 걸까요.

저도 잘 모르겠습니다.

전 분명 글을 쓰는 것만 끝나면 고비는 다 넘겼다고

생각했는데 후기 쓰는 것도 너무 어렵네요.

아무튼, 소설 이야기로 넘어가 볼까요.

여러분은 청춘의 시기가 어떤 때라고 생각하시나요?

10대, 혹은 20대?

뭐, 여러 가지 의견이 있을 거라 생각합니다.

적어도 저는 청춘이 모든 연령대에 찾아올 수 있다고
생각합니다.
어린아이부터 백발노인까지 말이죠.

각각 청춘이라 생각되는 걸 누구는 이른 나이에,
또 다른 누구는 인생의 끝자락에 겪을 수도 있다고 생각합니다.

이런 저의 생각을 담아 이 이야기를 적은 거고요.
어쩌면 이 이야기를 적은 저 또한 지금 청춘일 수 있겠네요.

이 이야기를 쓰면서 많이 고민하고 생각했던 것 같습니다.
잘은 모르겠지만… 제가 조금 성장했을 수도 있겠죠?
그런데 슬슬 머리와 손이 아파집니다.

이제 글을 마무리하고 쉬겠습니다.
이런 소설을 쓸 기회를 주셔서,
그리고 읽어 주셔서
진심으로 감사드립니다.

청춘을 기다리고 있는
그리고 보내고 있는
여러분을 응원합니다

사랑해 하늘

'나도 작가' 책쓰기반 3학년
강예훈

작가소개

작가명……강예훈

나를 한 단어로 설명하자면?……♥ me

좌우명……I can do it you can do it we can do it!

취미……노래 듣기

좋아하는 가수……방탄소년단 진, 빅나티

좋아하는 노래……벤쿠버, chance

✦ 십 대. 빛나는 순간을 보내고 있는 나에게 한 마디……

모든 일에 최선을 다하자!

시작하다

저는 평소에 책을 읽는 것을 좋아했습니다.
그렇지만 써 본 적은 없습니다.

친구와 함께 동아리 책쓰기반에 들어왔는데 우리가 함께 쓸 글을 '십 대, 청춘, 꿈, 기억' 등을 소재로 하기로 했습니다. 무엇을 써 볼지 계속 걱정을 하던 중 학교 도서관에서 「너를 만나서 행복했어」라는 책을 보게 되었습니다. 그 책은 작가가 자기 고양이를 처음 만났을 때부터 고양이가 고양이 별로 돌아가게 된 순간에 대한 이야기가 적혀 있었습니다. 저는 이 책을 보고 하늘이가 떠올랐습니다. (하늘이는 제가 사랑하는 반려견입니다.) 그렇게 해서 저의 학창 시절을 함께 보내고 있는 하늘이에 대한 기록을 남기기로 했습니다. 저의 십 대에서는 하늘이가 반쪽처럼 빼놓을 수 없는 존재이기 때문이죠.
그럼 사랑하는 저희 강아지 하늘이에 대한 이야기. 재미있게 읽어 주세요.

1. 첫 만남

꽤 오랜 시간. 강아지를 키우고 싶다고 부모님을 설득했다. 하지만 부모님은 계속 반대하셔서 속상한 마음에 밤에 몰래 울었던 날도 있었다. 계속 거절을 당하니 나도 점점 강아지를 가지고 싶다는 말도 덜 하게 되었다. 그러던 어느 날 강아지를 훈련하는 TV 채널을 보게 되었다, 나는 그 영상을 보고 다시 강아지를 너무 키우고 싶다는 생각이 들었다. 이번에는 준비를 더 많이 해서 부모님에게 프레젠테이션까지 하며 강아지를 꼭 키워 보고 싶다고 말씀드렸더니 부모님이 드디어 허락하셨다. 그렇게 나는 우리 가족이 될 강아지를 보러 다녔다. 그때는 지식이 없어 강아지를 분양하는 곳이 강아지 농장에서 강아지를 데리고 왔다는 것을 모르고 있었다. 가는 곳마다 마음에 드는 녀석이 없었다.

그러다가 병원과 같이 강아지를 입양하는 곳을 가게 되었는데 거기서 하늘이를 보게 되었다. 하늘이가 있는 방에는 작은 인형이 들어 있었다. 다른 강아지들은 모두 강아지를 보러 온 우리에게 관심을 가졌지만 하늘이는 혼자서 조용히 인형을 가지고 놀고 있었다. 우리에게 관심을 두지 않는 그 강아지가 왠지 더욱 맘에 끌렸다. 우리가 나온 뒤 다른 사람들이 들어갔는데 나는 그때 그 사람들이 혹시 하늘이를 데리고 갈까 봐 불안해졌다. 집을 향한 발걸음이 떨어지지 않았다.

그래서 바로 부모님께 하늘이를 입양하자고 설득했고, 그렇게 우리는 입양신청서를 쓰고 2일 후 만날 하늘이를 기다렸다. 필요한 용

품을 준비하고 다시 간 날. 하늘이가 우리를 보자마자 반겼다. 첫날 새침해 보이던 하늘이는 우리를 잘 모르는데도 반갑다며 꼬리를 흔들었다. 이렇게 하늘이는 우리 가족의 막내가 되었다.

2. 하늘이가 좋아하는 것들

하늘이를 키우면서 내가 해야 할 일들이 많아졌다. 학교 공부도 해야 하고 학원 숙제도 해야 하고, 하늘이도 돌봐야 했다. 그렇지만 하나도 힘들지 않았다.

강아지들은 대부분 하루에 한 번은 꼭 산책하러 나가야 하는데 하늘이는 "산책하러 가자."라는 말을 엄청나게 좋아한다. 그 말이 떨어지자마자 꼬리를 흔들고 문 앞으로 나간다. 그다음으로 하늘이가 좋아하는 것은 간식을 먹는 것이다. 하늘이가 가장 좋아하는 간식은 고구마 간식이다. 사료를 잘 안 먹는 편인데 고구마 간식과 사료를 섞어서 주면 엄청나게 좋아하면서 먹는다.

　처음 하늘이를 데려왔을 때 하늘이만 거실에서 자고 다른 가족들은 각자 방에서 잤는데 하늘이가 밤마다 서럽게 울었다. 그래서 우리 가족은 하늘이와 같이 잘지, 아니면 따로 재울지 회의했다. 회의에서 번갈아 가며 하늘이랑 같이 자자는 결과가 나왔다. 첫 번째로 내가 하늘이랑 같이 잤는데 하늘이가 그날 너무 좋아서 내 얼굴을 계속 핥았다. 그리고 하늘이가 잘 때 꿈을 꾸는 것 같았는데 그 표정이 정말 행복해 보였다. 그래서 나도 행복했다. 하늘이는 가족 중 아빠를 가장 좋아한다. 왜냐하면 나랑 쌍둥이인 영훈이는(영훈이는 나의 이란성 쌍둥이다. 누나, 동생, 오빠라는 구분 없이 지낸다.) 공부해야 해서 산책을 잘 시키지 못하는데 그동안 아빠가 많이 시키셔서 아빠를 가장 좋아하게 되었다. 그리고 다음으로 간식을 많이 주는 엄마, 그리고 나 순으로 좋아한다. 하늘이가 우리 가족을, 그리고 우리 가족이 하늘이를 좋아해서 참 좋다.

3. 하늘이의 하루

　하늘이는 아침 6시 30분에 기상을 한다. 아빠가 그 시간에 일어나시기 때문이다. 그렇게 아침에 일어나서 집안을 돌아다니고 볼일도 본 후 소파 위에 누워서 뒹굴뒹굴한다. 그리고 엄마랑 나랑 우리 쌍둥이가 일어나는 시간인 7시 30분쯤 하늘이는 내 방, 안방 등을 돌아다니며 침대를 긁는다. 우리가 그 소리를 듣고 침대 위로 올라오게 도와주면 우리 곁으로 쏙 와서 부비며 잠을 깨운다. 하늘이 덕분에 잠에서 깨 준비를 한 후 아침밥을 먹으러 식탁으로 간다. 그러면 그때부터 하늘이도 자신의 아침을 기다린다. 하늘이는 사료만 먹는 것을 안 좋아해서 가끔 고기를 섞어 주기도 한다. 그러면 남기지 않고 맛있게 잘 먹는다. 그리고 아빠가 하늘이의 배변 패드를 치워 주는 것을 하늘이는 빤히 쳐다본다. 아마 고마워하는 마음으로 보는 것이겠지?

8시쯤 우리 가족들이 모두 나가면 하늘이는 소파 위에 올라가 낮잠을 청한다. 그러다 일어나서 혼자 장난감을 가지고 놀기도 하고 점심으로 먹으라고 준 밥을 먹거나 물로 목을 축이기도 한다. 그러다 보면 내가 집에 돌아오는 시간. 하늘이는 문 앞에서 나를 엄청나게 반겨준다. 나는 하늘이를 안고 학원 숙제를 하거나 단어를 외우며 다시 학원으로 간다. 내가 간 후 하늘이는 다시 가족 누군가가 오기를 기다리다가 엄마가 집에 오면 밥도 먹고 같이 놀다가 우리가 학원 끝날 시간에 맞춰 같이 마중을 나온다. 하늘이는 차가 달릴 때 안에서 창문 사이로 고개를 내밀고 창밖 냄새를 맡는 것을 즐긴다. 함께 집에 오고 나서는 우리가 밥을 다 먹기까지 기다린다. 우리가 밥을 다 먹으면 하늘이는 꼬리를 흔들며 작게 짖기 시작한다. 그리고 내가 '왜?'라고 하면 하늘이는 쪼르르 목줄이 있는 곳으로 달려가 또 짖는다. 산책하러 갈 시간이라는 뜻이다. 우리는 하늘이의 목줄을 채우고 나선다. 그 시간은 하늘이가 가장 좋아하는 시간. 그렇게 친한 친구부터 처음 보는 친구까지 다양한 친구를 만나고 밖을 즐기며 산책 시간을 보낸다. 다녀오고 나서는 꼭 발을 씻겨주는데 하늘이는 원래

물을 싫어하지만, 산책 후에는 순순히 자기가 알아서 목욕탕으로 들어간다. 그리고 발을 씻고 나면 아직 산책 때 흥분이 가라앉지 않았는지 온 집안을 뛰어다닌다. 그러다 지치면 가족들이 다 있는 소파 위로 올라가 '헥헥'거리며 벌러덩 눕는다. 가족들은 그런 하늘이가 귀엽다며 배를 만져준다. 그러면 하늘이도 웃는 얼굴이 된다. 그렇게 하늘이는 다시 기운을 차리면 가족들과 놀이도 하며 즐거운 시간을 보낸다. 가족들이랑 있을 때는 한껏 재롱을 보여준다. '앉아'는 기본이고 '엎드려'와 '기다려', 그리고 '손!'을 하고 나면 하늘이는 간식을 얻는데, 그때 한껏 기분이 좋아 보인다.

그렇게 웃으며 저녁 시간을 보내고 가족들이 자러 갈 때 하늘이는 그날 자신의 입맛에 따라 우리 아니면 부모님께 가서 같이 잔다. 그렇게 하늘이의 하루는 끝이 난다. 참 편안하고 행복한 나날 같다.♥

4. 첫 비행기

아빠는 한국에 계시고 우리 쌍둥이, 그리고 엄마가 미국으로 일 년간 다녀오게 되었다. 우리 가족은 하늘이를 데리고 미국으로 가기로 했다. 많은 강아지가 비행기를 타면 압력 차이 때문에 귀가 아파서 계속 낑낑댄다는 정보를 들었다. 그렇기에 우리는 출발 전 동물병원에서 안전하고 편안하게 갈 수 있도록 진정제를 처방받았다. 진정제를 먹으면 강아지들이 잔다고 했는데, 하늘이는 처음에는 쉽게 잠들지 않았다. 모두가 걱정하며 비행기를 탔는데 다행히도 하늘이는 처음에는 낑낑대지를 않았다. 비행기에서 계속 좁은 케이지 속에 있었지만, 다행히 크지 않아서 짐칸에 들어가지 않았다는 사실이 너무 다행이었다. 떨어져 있다면 얼마나 무서웠을까. 비행기 안에서 혹시라도 똥을 싸면 냄새가 나 피해를 줄 수 있으니, 비행기를 타기 2시간 전부터 아무것도 못 먹었다. 출발 후 얼마 되지 않아 하늘이는 잠들었고, 꽤 오래 잤다. 그러다 아침 기내식으로 빵이 함께 나왔을 때 슬쩍 하늘이 문틈을 열어서 빵을 찢어서 여러 개를 줬다.

그런데 비행기가 미국에 도착하기 30분 전부터 하늘이는 계속 낑낑거렸다. 나는 하늘이가 압력 때문에 귀가 아파서 그러는지 걱정을 했다. 몹시 아픈 건 아닌지, 케이지에서 꺼내 줘야 하는지 고민도 되었다. 그래도 다행스럽게 하늘이의 소리가 크지 않고 내가 귀를 가까이 대야지 나는 소리라 항의는 들어오지 않았다. 그때 잠시 힘들었는지, 비행기가 착륙하자마자 낑낑대는 것을 멈췄다.

우리 가족은 짐을 챙기고 1년 동안 살 컬럼비아로 가는 비행기를 기다렸다. 그리고 환승 비행기를 탄 후 하늘이는 기분이 좋은지 '헥헥'거리며 웃는 얼굴을 하고 있었다. 그렇게 우리가 머물 곳에 도착하고 호텔에서 하룻밤을 잤다.

그다음 날 아침. 밤새 눈이 엄청나게 내려 있었다. 하늘이를 데리고 밖으로 나갔다. 하늘이는 처음으로 보는 눈이 신기했는지 계속 눈밭을 마구 뛰어다녔다. 그렇게 우리도, 하늘이도 눈에서 실컷 놀며 첫날을 맞이했다.

5. 하늘이의 미국 적응기와 여행

우리가 미국에서 살았던 집은 창문으로 바로 집 앞을 볼 수 있어서 사람들이 지나가는 모습이 다 보였다. 소리에 예민한 하늘이는 작은 발소리만 들려도 커튼 사이로 들어가 고개를 한껏 올리고 밖을 보며 짖었다. 친구가 보고 싶었을 것이다. 사실 하늘이는 미국에서 강아지를 만날 일이 많이 없었다. 하늘이는 덩치가 작지만 거기는 큰 강아지를 많이 키우기도 하고 사람들이 강아지들을 만나면 다 비켜서 가기 때문이었다. 그래서 하늘이가 조금 심심해 보이기도 했다.

하지만 하늘이가 미국에서 살면서 좋은 점도 많았다. 바로 엄마, 우리 쌍둥이가 매일 같이 있어서이다. 미국 생활 동안 엄마는 일을 잠시 쉬셔서 하늘이랑 24시간 붙어 계셨고 우리는 한국인 친구들 집이 멀기도 해서 다른 아이들을 잘 만나지 못했다. 그래서 정말 우리

끼리 똘똘 뭉쳐 시간을 보낼 수 있었다. 그리고 한국에 비해 풀밭이 많아서 강아지들이 뛰어놀기 좋았고 한국의 도시보다 더 자연 친화적이었다는 점이다. 마지막으로 반려동물을 기르는 것이 우리보다 훨씬 더 보편적이라 거의 모든 집에서 강아지를 키우기 때문에 마트 등 어디에서든지 강아지와 함께 갈 수 있어서 하늘이를 외롭게 혼자 집에 둘 필요가 없었다.

  하늘이와 우리 가족은 우리가 한국으로 돌아가기 며칠 전부터 좀 더 먼 곳으로 여행하기 시작했다. 원래는 하늘이를 사촌 언니 집 근처에 있는 애견 호텔에 맡기려고 했는데 적당한 곳을 찾지 못해 함께 다니게 되었다. 그렇게 하늘이도 자동차 여행을 하게 되었다. 여행을 다니다 보니 생각보다 훨씬 많은 사람들이 강아지와 여행을 다니는 것을 볼 수 있었다. 같이 이야기도 나누고 정보도 공유했다. 하늘이와 우리는 서부 지역을 여행하며 모래사막도 봤다. 바닷가에서도 늘 함께였다. 우리 기억 속에 오래오래 남는 여행이었듯, 하늘이 기억 속에도 남는 시간이었으면 좋겠다.

🍃 마치며

일기처럼 쉽게 쓴다고 생각했는데, 저는 글 솜씨가 부족한지 재미 있게 풀어나가지를 못했습니다. 제가 제대로 썼는지도 모르겠습니다. 하지만 그래도 이렇게 하늘이와의 첫 만남과 추억을 정리할 기회가 된 것 같아 좋습니다. 저는 하늘이를 키우게 되면서 많은 것을 배웠 습니다. 사랑하는 이를 위해 헌신할 수 있는 마음, 맛있는 것이나 재 미있는 것을 하면 같이 하거나 하게 해주고 싶은 마음을 경험했습니 다. 저에게 그런 마음을 알 수 있게 해 준 저의 사랑스럽고 귀여운 막 내 동생 하늘이와 오래오래 행복하게 함께하고 싶습니다.

마지막으로 만약 강아지를 정말로 키우고 싶은 분이 계신다면 꼭 해드리고 싶은 말이 있습니다. 반려동물과 함께하는 삶에는 책임감 이 필요합니다. 때로는 친구들이랑 노는 시간도 줄여야 하고, 집에 서 쉬는 자유시간도 강아지를 위해 아낌없이 주어야 할 때도 있습니 다. 그래야 동물도 사람도 행복할 수 있습니다. 만약 자신이 없다면 조금 더 생각해 보세요.

그럼 이렇게 이만 후기를 마무리하겠습니다. 마지막으로 엄마, 아 빠! 하늘이 키울 수 있게 해 주셔서 정말 고맙고 사랑해요. 우리 가 족 모두 정말 사랑합니다. 귀요미 우리 막내 하늘이도 누나가 너무 너무 사랑해♡

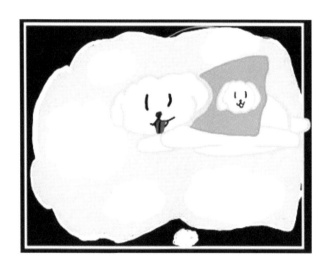

삼일이
(중학교 3년_12가지 순간에 대한 기록)

'나도 작가' 책쓰기반 3학년
김민경

작가소개

작가명······김민경

꿈······우리 가족이랑 오래오래 건강하고 행복하게 살기

좌우명······무엇이든 열심히 최선을 다하자

취미······동생이랑 게임하기

좋아하는 가수······Peder Elias

좋아하는 시간······노을이 질 때 (하늘을 보는 순간)

✦십 대. 빛나는 순간을 보내고 있는 나에게 한 마디······

파이팅! 넌 할 수 있어 민경아!

시작하다

이 글은 중학교 3년의 추억을 담아서 쓴 나의 이야기이다. 도서관이나 복지실에서 했던 활동들을 주로 모아서 적었다. 편하게 읽을 수 있는 에세이 형식으로, 읽는 분들도 학창 시절을 추억할 수 있으면 좋겠다.

1. 중1_첫 만남

처음 중학교에 등교한 날. 옷을 얇게 입어서인지 유난히 추웠던 날로 기억한다. 6학년 때 같은 반이던 수연이와 중1 때도 같은 반이 되어 정말 다행이라고 생각했다. 12반까지 있는 큰 학교에서 나는 1학년 10반. 낯가리는 조용한 성격이라 잘 적응할 수 있을지 걱정이 앞섰다. 며칠 학교에 다녀보니 나는 반에서 반 친구들과 어울리지 못했고, 혼자 책만 읽고 있었다. 누가 먼저 말 걸어주기를 기다리던 그때 한 친구가 나에게 다가오는 것을 느꼈다.

"안녕!!! 내 이름은 강예훈이야. 너 김민경 맞지? 아니, 내가 있잖아… 학기 초부터 너랑 얘기하고 싶었는데 항상 책만 읽고 있더라고. 엇, 이 책은 뭐야??"

갑자기 나타나서 우렁차게 외치듯 나에게 인사를 건네주었다.
"어?? 어… 안녕. 아, 이 책은 음… 아…."

혀가 꼬이고 말이 꼬이고 머릿속이 꼬였다. 그래도 집에 가서 생각해 보니 그 아이와 조금은 친해진 것 같아 기분이 좋았다. 그 뒤로 선생님들께서는 반 친구들끼리 빨리 친해지기 위해 모둠 활동을 자주 시켜주셨다. 거기서 대화가 잘 통하던 예서라는 친구와 친해지게 되었고 등하교도 같이하였다. 나, 예훈, 예서 이렇게 우리 셋은 함께 다니면서 더욱 친해지게 되었고 내 학교생활은 점점 즐거워졌다.

중학교에 다닌 지 한 달 정도 지났을 때쯤 점심시간. 평소 책을 좋아하는 수연이와 함께 도서관에 가게 되었다. 도서관은 생각보다 훨씬 크고 넓었다. 그리고 수연이가 나를 사서 선생님께 인사를 시켜주면서 도서관과 나의 인연이 시작되었다.

2. 도서관, 그리고 복지실

그 이후로 점심을 먹은 후에는 거의 매일 도서관에 가기 시작했다.

사서 쌤은 물론 도서부원 언니, 오빠들이 나의 이름을 알아주었고 도서관 근로장학생인 대학생 선생님도 나를 맞아주시니 정말 기분이 좋았다. 나도 도서부원이 되고 싶다는 생각을 했다. 나는 사서 선생님의 추천으로 수연이와 예훈이와 함께 학교가 끝나고 금요일마다 도서관에 남아서 한 쪽씩 번갈아 가며 읽는 책톡 수업을 하게 되었다. 우리 셋을 포함한 8명과 사서 선생님, 그리고 복지실 선생님이랑 같이 책을 읽었다. 책의 제목은 「까칠한 재석이가 돌아왔다」였다. 시원한 음료수를 마시면서 모두와 책을 읽고 읽은 데까지 이야기를 나누고 집으로 갔다. 책은 늘 혼자 읽었는데 같이 있는 시간도 생각보다 즐거웠다.

거기서 친구 지우를 알게 되었다. 그리고 또 다른 특별한 인연인 복지사 선생님을 알게 되었다. 1학년 12반 옆에 위치한 복지실은 우리 반과 무척 가까웠다. 나는 반 친구들과 많이 친해져서 도서관처럼 복지실에서도 많은 시간을 보내게 되었다. 복지실에는 많은 보드게임과 간식이 늘 준비되어 있었다. 그리고 시끄럽지 않고 조용한 환경이었다. 그리고 도서관은 책장 사이에서 책을 보고 있으면 마음이 편해진다. 이 두 곳은 학교 속 나만의 비밀 공간 같았다.

3. 복지실 행사

복지실 선생님이 나와 수연이에게 복지실 행사를 준비해 보라고 하셨다. 복지실을 방문하는 친구들을 대상으로 간식과 작은 선물들을 제공하는 행사였다. 처음에는 막막하지만 내가 의견을 냈다.

"우리 상식 퀴즈 같은 거 해보는 거 어떨까요??"

모두가 괜찮다고 말해 줬다. 그렇게 학교에서 활동비로 10만 원을 받고 선물을 준비했다. 나는 인물 퀴즈를 담당하기로 했다. 수연이는 학교 관련 퀴즈를 준비해 오겠다고 했다. 밀린 학원 숙제 때문에 살짝 걱정도 되고 귀찮기도 했지만 우리는 맡은 파트를 열심히 준비했다. 그리고 퀴즈를 다 조사하고 우리는 행사에 관한 정보를 적은 홍보물을 점심시간에 학교 여러 곳에 붙였다. 이제 모든 준비가 끝났다!

"그럼, 행사는 3일 정도로 하고 준비는 다 된 거지?"
"네!!"

우리는 내일만을 기다렸다.

사실 큰 기대를 하지 않았다. 행사를 준비하기 전 복지실은 학생들이 거의 오지 않았다. 같이 복지실에 가자고 할 때면 다들 복지실 위치도 몰랐다. 그러나 행사 시작을 알린 이후 점심시간에 복지실에 엄청난 인파가 들어왔다.

"행사 여기서 하는 거 맞아요??"
"누구한테 가면 돼요?"
세상에! 생각지도 못했다. 이 사람들이 다 복지실에 온 거였다니.

생각해 보니 가장 많이 맞춘 반 전체에 아이스크림을 주는 것만큼 달콤한 제안은 없었겠지….

"자자, 여기도 두 여학생 앞으로 줄 서세요!"

수연이와 내 앞으로 모두가 길게 줄을 섰고 나는 준비한 질문들을 던졌다.

"우리 학교 교장 선생님 성함은요??"
"우리 글. 한글을 만든 사람은?"
"우리 학교 교훈이 뭘까요?"

아이고 목이야. 맞춘 사람도 틀린 사람도 계속해서 다시 줄을 서니 나는 점심시간이 끝날 때까지 계속해서 끊임없이 질문을 했다. 2일 차부터는 질문을 줄여 가며 목을 아꼈고 복지실 행사는 성황리에 아주 잘 끝났다. 아쉽게도 우리 반은 아이스크림을 먹지 못했지만 괜찮았다. 나랑 수연이는 복지사 선생님께서 따로 아이스크림을 주셨으니깐. 이렇게 우리가 준비한 첫 행사는 성공적이었다.

4. 여름방학을 기다리며

사실 방학이 일주일 남았는데 공부가 눈에 들어오지 않았다. 2학기에는 시험도 없으니, 마음이 더 편했다. 그래서 도서관에서 책을 빌려 읽는 시간이 많았다. 어떻게 보면 그때 발견한 책 두 권이 지금 내가 가장 좋아하는 책들이다. 하나는 김동식 작가님의 「일주일 만에 사랑할 순 없다」이다. 이 책을 읽고 김동식 작가님 책을 모두 읽어버렸을 정도로 사랑했다. '어떻게 저런 기발한 생각을 하시지?'라는 생각에 매일 친구들에게 추천하고 같이 읽었다. (김동식 작가님은 1학년 때 우리 학교에 오셨지만, 아쉽게도 나는 보지 못했다.)

또 다른 책은 「너에 대한 두근거리는 예언」이다. 이 책은 대만 작가님의 책으로 처음에는 조금 낯선 배경에 이해가 잘 안 되었지만 읽으면서 주인공들의 감정에 빠져들기 시작하자 책 읽기를 멈출 수가 없었다. 반에서 시원한 에어컨 바람을 쐬면서 책을 읽는 시간이 정말 좋았다. 내가 중학교 3년 동안 가장 책을 많이 읽었던 시간이자, 그야말로 책에 푹 빠진 시간이었다.

(방학 때에도 도서관에 자주 나왔었다. 어차피 방과후학교 수업을 하러 가기도 했고 무엇보다 도서관에 근로장학생이 한 분 더 오셨는데 우리를 굉장히 반겨주셨기 때문이다. 도서관은 나랑 수연이. 그리고 장학생 2명. 이렇게 4명이 있는 날이 많았다. 우리는 컴퓨터로 호불호 음식 월드컵 등을 하기도 했고 숙제도 하고 책도 읽었다. 평소보다 조용한 도서관이 참 좋았다.)

5. 힐링 인 더 복지실

가을과 겨울이 다가오고 해가 일찍 저물기 시작했다. 나는 빨리 깜깜해진 저녁이 싫다. 그래서 나는 낮이 긴 여름을 매우 좋아한다. 방과후학교 수업을 끝내고 어두워진 복도가 싫어 빠른 걸음으로 나와 집에 가려고 했다. 그런데 밝게 켜져 있는 복지실에 복지사 선생님이 계셨다. 복지사 선생님은 몇몇 분들과 7시 정도까지 학교에 계신 경우가 많았다. 그래서 나도 자주 방과후를 마치고 복지실에 와서 편하게 있다가 갔다. 꽈배기를 자주 먹는 편이 아니지만 엄청나게 배고팠던 그날, 복지사 선생님이 사주신 따끈한 꽈배기를 손에 쥐고 집에 가면서 먹었던 그 맛을 잊을 수 없다. 엄청 맛있었고 추운 날씨였지만 마음이 따뜻했다. 생각해 보면 그때 내가 가장 본받고 싶어 했던 인물은 복지사 선생님이었다.

책톡이라는 독서프로그램을 하며 서로를 소개할 때 복지사 선생님은 사진 2장을 들고 오셨다. 하나는 제주도, 하나는 가로등만 밝히는 어두운 학교에서 축구하는 아이들. 제주도에서 찍은 사진은 차를 타고 이동해야 하는 거리에서 히치하이크를 해본 경험을 말해 주셨다. 친구와 둘이서 간 여행에서 히치하이크이라니, 정말 멋있었다. 히치하이크에서 만난 분들은 한 젊은 부부로 한 분은 임산부셨다고 했다. 그리고 다른 사진인 축구하는 아이들은 선생님의 이전 학교 학생들의 모습이라고 했다. 여기보다 학구열은 낮지만, 늘 열정적인 중학생들의 모습이 담긴 사진이라고 말씀하셨다. 나도 어두운 밤이었지만 밝음이 마구 나오는 아이들의 모습이 멋지다고 생각했다.

6. 진책방

어김없이 금요일마다 하는 책톡을 하고 있을 때 사서 선생님께서 우리 학교 부근 동네 책방의 진 선생님을 소개하셨다.

"이제부터 우리랑 한 달 동안 함께 수업하게 될 거예요."

책톡 친구들과 「연금술사」라는 책을 읽으며 진 선생님과의 추억을 쌓았다. 그러다가 우리는 기회가 되어서 사서 선생님, 복지사 선생님과 모여 책방에 탐방하러 갔다. 아기자기한 동네 책방에 들어서니 마음이 참 편해졌다. 불타오르는 장작 앞에서 모두가 「아이의 뼈」를 읽었다. (이 책은 추리 스릴러 느낌인데 재미있으니 추천한다.) 한 달이라는 시간은 굉장히 빨리 지나가서 아쉬웠지만, 책 읽기 시간은 정말 재미있었고 가까이에 내가 언제든 갈 수 있는 아는 동네 책방이 생긴 것 같아서 뿌듯했다.

7. 이별

중학교에 와서 처음 사귄 친구인 예훈이의 갑작스러운 미국 유학이 결정되었다. 가장 친한 친구이고 항상 붙어 다녔기에 아쉽고 너무 슬펐다. 정말 다행히도 1년만 다녀오고 다시 중3을 같이 보낼 예정이었지만 그래도 당장 다음 달부터 예훈이가 학교에 없을 거라 생각하니, 슬펐다. 마음도 추운데 날씨도 점점 추워져 겨울방학이 다가오고 있다. 겨울방학이 끝나면 사서 선생님과 복지사 선생님 두 분 다 가신다고 했다. 슬프지만 꼭 다시 만날 것이라 믿으며 이별을 받아들이기로 했다.

8. 2학년 시작

새로운 학년. 2학년 10반 2번이 되었다. 많은 선생님들과 이별했지만 이제 새 인연을 만들어야겠다는 생각이 들었다. 담임 선생님은 과학을 맡으시는 선생님이셨다.

"안녕? 친구들, 선생님은 과학을 맡은 이○○ 선생님이에요."

밝고 맑은 목소리였고 선생님의 또렷한 생각이 정말 멋있었다.

"우리 1번부터 6번은 과학실 청소하러 학교 끝나고 가야 합니다. 빼먹지 말고 성실하게 하기!"

며칠 뒤 담임 선생님께서 말씀하셨다.

'윽, 집에 늦게 가는 거 별로인데'

친구들이 기다려 주어야 하고 나도 청소는 질색이라 별로 내키지 않았다. 그렇게 과학실 선생님께 인사드리고 마지못해 청소를 시작했다. 과학실 두 개를 3명이 나눠서 청소하기로 했다. 과학실은 2층인데 바로 앞에 벚나무가 있다. 그래서 봄이면 과학실 창밖에 흩날리는 벚꽃잎이 무척 예뻤다. 앞 번호 친구들과 청소를 하게 되었을 때

간단하게 쓰레기만 버리고 가는 날도 있었지만 선생님이 밀대로 바닥 밀기까지 시키셔서 시간이 꽤 오래 걸린 적도 있었다. 그래도 벚꽃을 바라보면 힘든 마음이 녹았다. 그리고 하나 더 좋은 점은 자주 청소를 하다 보니 과학실 선생님과도 친해져 꽤 재미있는 이야기들도 많이 듣고 과학실이 편해졌다는 것이다.

9. 나는야 도서부원

드디어 새로운 도서부원 모집이 시작되었다. 나는 도서부원 신청서를 제출하고 당당히 면접 볼 준비를 했다. 그래도 내가 도서관 짬밥이 있는데 뽑히겠지? 이렇게 생각하며 도서부원이 될 거란 기대를 했다. 도서부 면접에서 나는 책 정리에 대해, 그리고 여러 질문에 막힘없이 대답했고 가볍게 통과했다. '짠! 나 이제 도서부원이다.' 기쁨을 감추지 못했다. 저녁에 가족들과 외식을 하면서 기쁨을 만끽했다. 그러나 막상 도서부원이 하는 일이 너무 많았다. 행사 준비는 재미있는데 책 정리가 힘들었다. 특히 점심시간에 책을 제자리에 꽂는 일이 너무 힘들었다. 우리가 없으면 선생님 혼자 정말 이걸 다 못하시겠구나 싶었다. 선생님과 도서부원이 열심히 정리를 해도 하루가 지나면 책이 쌓여서 도서부원들을 힘들게 했다. 도서부에서 잘 생존할 수 있을까?

10. 2학년과 친구들

초반까지는 친구들과 잘 어울리지 못해 걱정이 많았다. 그래도 이번에는 이전과 다르게 용기를 많이 냈다. 다행히 반 친구들과 어울리다 보니 나와 생일이 같은 친구, 나랑 이름이 반대인 친구 등 나랑 친구를 하기 위해 태어난 많은 친구들이 있다는 것을 깨달았다. 친해진 몇 명과 계속 같이 다녔고 자주 놀러 다녔다. 중간고사와 기말고사 시험이 끝나면 우리는 줄곧 놀러 다녔다. 인생네컷 사진이 서랍에 쌓이고 서로 생일 선물을 교환하고, 싸우고 또 친해지고 놀러가고 등을 반복하며 재밌는 학교생활을 보냈다. 사실 친구와 싸웠을 때는 기분이 좋지 않았을 때도 있긴 하다. 그러나 즐거운 순간이 더 많았고 더 기억에 남는다. 가장 기억에 남지만 다시 돌아가고 싶지만은 않은 그런 질풍노도의 중2였다.

11. 행사 진행 전문

선생님이 바뀌셨어도 나랑 수연이는 아직 복지실 행사를 담당하고 있다. 이번에는 복지실 방 탈출을 진행했다. 종이에 단어로 힌트를 주고 그 답을 찾는 활동이다. 예를 들어, '나는 누군가를 지탱해 줘.'라고 쓰인 종이를 보고 의자 근처를 보면 성공 종이가 붙어 있다.
나는 그 종이를 오리고 방 탈출의 재미를 더 하기 위해서 풍선을 붙였다. 새로운 복지사 선생님과 하는 거라서 좀 어색하다고 생각했

지만 의외로 선생님과 잘 통했다. 친구들의 호응에 힘입어 성황리
에 마무리되었다.

그리고 도서관에서도 여러 행사를 진행했다. 세계 책의 날, 가정의
달, 독서의 달 등 도서관에서는 다양한 행사를 진행한다. 그때마다
필요한 책을 뽑아 준비하고 상품도 열심히 나눠준다. 몸은 힘들지만
재미있다. 점점 행사 진행 전문가가 되어 가는 느낌이다.

12. 컴백 예훈

드디어 중학교의 최고 학년 3학년이 되었다.
잠시 외국으로 갔던 예훈이가 돌아왔다. 잠시 헤어졌던 동안 엄청
나게 보고 싶었었는데 막상 보니깐 처음에는 살짝 어색했다.(1년이
라는 시간이 생각보다 길었나 보다.) 그러나 그 어색함도 잠시. 우리
는 또다시 더욱더 친해졌고 찐친이 아니면 남들 앞에서는 못할 장난
도 마구 치며 놀고 있다. 그리고 늘 점심시간이면 우리의 아지트 학
교 도서관에서 만난다. 앞으로 남은 중학교 시절도 우리는 더 친하
게 지내며 많은 추억 함께 만드는 친구가 될 것 같다.

마치며

책쓰기 동아리를 시작할 때 사서 선생님께서 「은유의 글쓰기 상담소」라는 책을 선물해 주셨다. 그곳에는 책을 쓰는 사람을 위한 팁들이 들어가 있었다. 나는 그 책에서 글을 쓸 때는 '나를 쓰게 하는 것들'에 대해 적으라는 문구를 찾았다. '무엇이 나를 쓰게 할까?'에 대한 고민을 하던 중 내가 가장 많은 시간을 보내고 있는 학교에 대해서 써 보고 싶었다. '곧 고등학생이 될 걱정이 많은 나에게', '중학교에서 있던 추억을 저장하고 싶은 나에게', '지금 하루하루를 열심히 보내고 있는 나에게'. 그래서 학교에서 있던 추억을 중심으로 글을 써봤다.

사실 글을 쓸 때는 혹시라도 타인의 이야기를 조심하라는 조언을 듣고 친구에 대해서 매우 조심스러워지기도 했다. 그러나 친구에 대한 좋은 추억들이니 같이 기뻐해 줄 것이라고 생각한다. 만약 우리의 이야기가 책이 된다면 엄청 기쁠 것 같다. 글을 잘 쓰지 못한 것 같아 아쉬움이 많이 남지만, 중학교 시절의 좋은 추억이 되는 활동이었다. 이러한 기회를 주신 사서 선생님께 감사하다.

꿈

뒤죽박죽 제멋대로인 꿈 같지만 마음껏 상상 할 수 있기에
아름다운 청춘 이야기

마음의 색

'나도 작가' 책쓰기반 3학년
이지우

작가소개

작가명……이지우

꿈…… 멋진 세계관과 내용을 담은 나만의 글(소설)
　　　　완성해 보기

좌우명……그냥 흘러가는 대로 살자

취미……그림 그리기, 소설 읽기, 웹툰 보기

좋아하는 가수……세븐틴

좋아하는 음식……맵고, 짜고, 단 음식

✦십 대. 빛나는 순간을 보내고 있는 나에게 한 마디……
한 번밖에 없는 이 순간, 즐겁게 보내자!!

시작하다

저는 평소에도 다양한 종류의 책을 많이 읽곤 했습니다. 그러다 보니 자연스럽게 글쓰기에도 관심을 가지게 되었습니다. 글쓰기에 관심을 가진 이후로 하루에도 몇 번씩 써 보고 싶은 글의 소재나 주제 등이 떠오르기 시작했습니다. 하지만 글 한 편을 완성기까지는 많은 시간과 노력이 필요했고, 학교와 학원, 시험 등으로 바빴던 저는 '저만의 글을 써 보고 싶다'라는 생각을 이루기 쉽지 않았습니다. 이러한 상황에서 저는 이 동아리를 알게 되었습니다.

청춘과 꿈이라는 키워드를 가지고 상상 속에 있던 이야기들을 풀어내며, 나 혼자 생각하던 인물의 이야기를 하나하나 완성해 가는 그 과정은 굉장히 즐거웠습니다. 그냥 막연히 글을 써 보고 싶었던 제 생각을 이룰 수 있게 되어 너무 기뻤습니다. 그리고 이러한 것들을 이룰 수 있게 도움을 주신 사서 선생님께 정말 감사드립니다.

1. 색이 사라진 세상

캄캄한 방 안에 혼자 있는 것만 같은 느낌, 깊고 커다란 구덩이에 빠진 듯한 불안감, 미지의 무언가에 끝없이 쫓기는 듯한 초조함.

내가 중학교에 올라오고 난 뒤에 생긴 일들이었다. 더 자세히 말하자면 분명 중학교 1학년 때까지는 괜찮았던 것 같다. 가끔씩 불쑥 튀어나오곤 했지만 그렇게 심한 정도는 아니었다. 분명 그랬었다. 하지만 중학교 2학년이 되고 시간이 지날수록 그 감각들은 점점 심해져만 갔다. 끝없는 '어둠'에 잡아먹히는 기분. 결국 중학교 3학년이 되기 전의 겨울 방학, 그 어둠이 내 안을 파고들어 왔다.

내 안에 깊숙이 자리잡은 어둠은, 커다란 구덩이를 파, 내 모든 걸 가져가 버렸다. 어둠이 가장 먼저 가져간 건 '색'이었다. 그날 이후 나는 나의 세상에서 색이 점점 연하게 흐려지더니 이후 내 세상에서 색을 빼앗겼다. 나는 그런 식으로 '나'마저 어둠에 빼앗겼다.

"……."

빠아아아아앙!!!!!!!!
그리고 어둠은 껍데기만 남은 '나'조차 존재하기를 원하지 않았다.

2. 논-컬러(NON-COLOR)

언제 감았는지조차 모를 눈을 떴을 때, 나는 어떤 하얀 공간에 덩그러니 누워 있었다.

"… 뭐야…."

천천히 몸을 일으켜 주위를 둘러보았지만 보이는 것이라곤 그저 끝없이 펼쳐진 백색 공간이었다. 끝을 알 수 없고, 오직 백색만 보이는, 어떻게 보면 '어둠'과 굉장히 유사해 보였다.

"… 결국 떨쳐낼 수 없는 건가."

또다시 밀려오는 무력한 느낌에 나는 그냥 흰 바닥 다시 누웠다. 이럴 때는 그냥 자는 게 정신건강에 더 이롭다는 건 이미 충분히 학습했으니깐. 나는 오지도 않는 잠을 청하기 위해 일단 다시 눈을 감았다. 그러자 조금 전까지 보였던 백색은 온데간데없이 사라지고, 익숙한 어둠이 밀려오듯 눈앞에 펼쳐졌다. 어둠 안에서 가만히 몸을 뉘며 잠에 들기를 기다리고 있을 때, 주위에서 작은 말소리가 들려왔다.

'… 뭐지?'

그리고 그 말소리는 점점 가까워지고 있었다. 어느덧 그 목소리가 가까워졌을 때 나는 어쩔 수 없이 눈을 뜰 수밖에 없었다.

나를 두르던 어둠이 사라지고 뽀얀 흰색이 눈앞에 펼쳐졌다. 그러던 와중에도 목소리는 점점 더 가까워져, 나는 천근만근인 몸을 일으켜 앉았다. 그리고 수 초 후 온통 하얀 벽으로 둘러싸인 듯 보였던 공간에 흰색 문이 생겼다.

"…?"

"응? …… 으아아아아악!!!!!"

그리고 그 문에서는 내 또래로 보이는 남자아이가 튀어나왔다. 문을 열자 동시에 나와 눈을 마주친 남자아이는 그대로 넘어져 엉덩방아를 찧었다.

"너, 너, 너 너, 너 뭐야…?"

그러더니 볼품없이 떨리는 목소리로 말을 걸어왔다.

"윤희정."

"아니, 내가 그걸 물은 게 아니라. 하… 이게 뭐."

내가 누군지 묻길래 알려 줬더니, 그 남자애는 더욱 혼란스러워진 듯 보였다. 그 이후에도 한참을 혼자 뭐라 뭐라 중얼거리더니 갑자기 고개를 팍하고 들고는 나를 빤히 쳐다봤다.

"… 너 논-컬러(non-color)였구나?"

코 앞에 다가와 알 수 없는 말을 한 그 애는 그 이후에도 계속 혼자 중얼거리기 시작했다.

"그치… 논-컬러면 여기에 온 것도 나름 타당하지 않나?"

"저기. 야! 자꾸 혼자 뭐라고 하는 거야."

이렇게 있다간 끝이 없을 것만 같아서, 결국 내가 먼저 말을 걸었다.

그제야 그 남자애는 중얼거림을 멈췄다.

"아! 미안, 내가 너무 혼자 중얼거렸지?"

"아니, 뭐, 괜찮아."

"음… 근데 잠깐 여기 앉아볼래? 너한테 설명해 줄 게 있어."

남자애는 자신이 앉아 있는 옆자리를 두드리며 말했다. 딱히 거절할 이유도 없고 아까부터 계속 서 있으니, 다리도 아픈 참에 나는 그 아이 말대로 옆에 앉았다.

"그래서 할 얘기가 뭔데?"

"아, 그게 조금 긴데…."

"괜찮아."

옆에도 앉았겠다, 그 남자아이가 하려는 말이 뭔지 물어보니 갑자기 뜸을 들이기 시작했다. 내가 괜찮다고 했음에도 그 남자애는 입을 닫고는 자기만의 생각에 빠졌다.

"말 안 해 줄 거야?"

결국 내가 다시 말을 걸자, 남자애는 나를 다시 쳐다봤다.

"아… 미안, 어디서 어디까지 설명해야 할지 잠깐 물어보고 왔어. 진짜 미안해!!"

도대체 누구한테 어떻게 무엇을 물어보고 왔는지 모르겠지만, 지금 괜찮다고 말하지 않으면 이번에는 계속해서 사과만 할 것 같아 그냥 괜찮다고 말해버렸다. 그러자 그 남자애 얼굴이 금세 밝아졌다.

"하… 그래서 진짜 하고 싶은 말이 뭐야?"

"일단 그전에 내가 먼저 물어볼 게 있어."

"또, 뭔데…."

"이름, 윤희정. 출생, 2008년 x월 xx일. 맞아?"

"… 맞아."

도대체 저 남자애는 내가 알려주지도 않은 내 개인정보를 어디서 순식간에 알아낸 거지? 흰 공간에 갑자기 생긴 문을 타고 온 남자애 가 내 신상을 알고 있다니, 여기 진짜 뭐 하는 곳이야?

"내가 뭐 하는 사람이냐는 얼굴이네, 이제 설명해 줄게. 너무 그렇 게 보지 마."

진짜 제발 이제 설명을 해줬으면 좋겠다구.

"우선 우리가 있는 이 하얀 공간은 화이트 룸(White room)이야. 엄… 그… 여기는 이승과 저승, 천국과 지옥을 이어주는 곳이기도 해."

"그리고 윤희정 너는 약 5시간 전 교통사고로 인해 혼수상태가 되 었어. 그래서 여기로 온 거야."

뭐라고? 이승과 저승, 천국과 지옥이 존재하는 거였나. 아, 존재하 니깐 내가 여기 있을 수 있는 거겠지. 그나저나 '어둠'한테 쫓길 때 '빠아아앙!!'거리던 이상한 소리가 들리던데, 그게 교통사고 당할 때

나던 소리였던 건가.

"그래서 나는 죽은 거야?"

"아니!!! 아직 죽은 건 아니야! 그저… 깊은 혼수상태에 빠졌을 뿐
이지…."

뭐야… 그럼 아직 나는 벗어나질 못했네. 이대로 돌아갈 수 없는
건가. 어두워진 내 표정에 남자애는 내가 많이 상심한 듯 보이는지
억지로 목소리를 높여 말을 걸어왔다.

"뭐, 뭐 또 궁금한 거 없어? 내가 다 대답해 줄게!"

"음…. 그럼 아까 네가 말했던 논-컬러라는 게 뭐야?"

"아…. 그건 네 마음 안에 색이 없다는 뜻이야. 보통 논-컬러는 선
천적인 건데 후천적인 경우는 오랜만에 봐서 조금 쳐다봤어, 갑자기
무례했다면 미안해."

"괜찮아, 근데 마음 안에 색이… 없다는 게 정확하게 무슨 의미야?"

내 세상에서 색이 사라진 것은 이미 알고 있었다. 눈을 통해 보는
세계가 그것을 보여주고 있었으니깐.

"음…. 마음 안에 색이 있다는 의미가 아니라 정확하게 얘기하면
영혼이 색을 잃은 거라고 해야 될까…."

"영혼이 색을 잃었다니?"

어째 얘랑 대화하면 할수록 더 깊은 구렁텅이에 빠지는 것만 같았다. 남자애도 그걸 느꼈는지 난감한 얼굴로 설명을 천천히 이어나갔다.

"사람들에게는 다 영혼이 존재해, 지금 너도 영혼으로 존재하는 상태잖아?"

그 말에 문득 내 몸을 살펴보니 손끝이나 발등이 약간 불투명하게 변한 게 눈에 보였다.

"아무튼 이 영혼은 그 사람의 감정에 따라 색이 변하거든. 그런 데 논-컬러들은 이 색이 보이지 않아, 그냥 투명해지거나 까맣게만 보이는 게 일반적이야."

투명하거나, 검게 변한다니. 그 말을 듣고 다시 한번 내 몸을 살피지만 구별해 내지 못했다. 나는 색이 보이지 않으니깐.

"근데 이런 논-컬러들을 보통 선천적으로 발생해, 그래서 너는 되게 특별한 케이스야."

"근데 내가 후천적인 케이스란 걸 어떻게 알았어?"

그 말에 남자애는 다시 나를 빤히 쳐다봤다. 성격이 굉장히 특이한 아이인 것 같다. 아무튼 남자애는 조금 길게 나를 쳐다보더니, 오랜 시간 눈을 사용해 피곤한 사람처럼 눈을 깜빡이기도 하고 비비기도 하며 천천히 시선을 옮겼다.

"음…. 이제야 확실히 봤어."

"뭘?"

"네가 어떻게 후천적 케이스 논-컬러인지 알았냐고 물었지?"

"응."

"왜냐하면 아직 네 영혼에 색의 잔재가 남아 있었거든. 너 논-컬러가 된 지 아직 얼마 되지 않았지?"

정확했다. 내가 색을 잃은 지 이제 겨우 2~3개월밖에 되지 않았다. 정말 그게 보이나?

"기본적으로 화이트 룸을 오고 갈 수 있는 영혼은 일반인들이 볼수 없는 것을 볼 수 있게 되거든."

내 생각이 내 얼굴에 훤히 보였는지 남자애는 친절하게 내 의문을 해결해 주었다. 근데 그건 그거고 나는 여기서 언제 벗어날 수 있는 거지?

"근데. 그럼 나 여기 언제까지 있어야 해? 나의 세계로 다시 돌아갈 수는 있어?"

내 질문에 남자애는 화들짝 놀라며 또 허공에 대고 중얼거리기 시작했다. 아까도 그렇고 진짜 누군가와 이야기하고 있는 걸까? 남자애의 중얼거림이 끝날 때를 기다리며 멍을 때리고 있는데, 갑자기 남자애가 소리를 질렀다.

"네?? 아니 그게 가능해요?"

"아니 왜 저예요?!"

"네에… 들으면 되잖아요…."

그 말을 끝으로 허공에 머물며 초점이 나가 있던 동공이 순식간에 돌아왔다.

"끝났어?"

내 말에 남자애가 또 화들짝 놀란다. 누가 보면 내가 괴롭히는 줄 알겠어.

"근데 왜 자꾸 허공에 대고 중얼거리는 거야? 누구랑 연락하는 거처럼 보이긴 했는데."

"아, 심판자님과 잠깐 이야기를 나눴어."

역시 또 새로운 게 튀어나왔다.

"심판자님은 또 누구야?"

"있어. 그 영혼을 심판하시는 분인데 일단 지금 그게 중요한 게 아니고, 우리가 해야 할 게 있어."

"해야 할 일이라니?"

"네 마음속 색 되찾기."

난 분명 언제 나갈 수 있냐고 물었을 뿐인데, 갑자기 내 색이 왜 튀어나오는 거지?

"왜냐하면 심판자님이 네가 색을 되찾아야 여기서 나갈 수가 있다고 알려 주셨어."

아무래도 나는 포커페이스를 익혀야겠다. 내 생각이 훤히 보이나 봐….

"아무튼 그래서 일단 나랑 같이 어디를 가야 할 것 같아."

"너랑? 지금? 어디를?"

"심판자님이 나한테 너에 대한 걸 맡기셨거든. 그래서 일단 색이 모여 있는 곳으로 가자!"

남자애는 아까 그 심판자라는 존재와 이야기한 이후로 뭔가 다급해 보였다. 설명을 최대한 간단하게 한 남자애는 그대로 내 손을 잡고 한 열쇠 뭉텅이를 꺼냈다. 그러더니 수십 가지의 열쇠들 중 한 개를 찾더니 허공에서 그 열쇠를 돌렸다. 그러자 놀랍게도 허공에 문이 생겼다.

"여기로 넘어가면 돼! 지금 빨리 가자!"

이 문은 뭐고, 왜 날 데리고 가려 하는 건지. 아무것도 모르는 상태로 나는 남자애 손에 이끌려 문을 넘어 무작정 달리기 시작했다.

3. 색의 자취

그렇게 길지도 짧지도 않은, 길이를 가늠할 수 없는 거리를 달리자 어느덧 나가는 문이 보였다.

"저기로 나가면 돼!"

나가는 문이 보이자, 남자애는 속도를 더 높여 나를 잡아끌었다. 그리고 몇 번 봤다고 익숙해진 문이 열리자, 눈앞에 넓은 마을이 나타났고 왁자지껄 떠드는 소리가 들려왔다.

"팔레트에 온 걸 환영해!"

남자애는 얼이 빠져 있는 나를 잡아당기며 밝게 웃었다. 그 환한 웃음에 다시 정신을 차린 나는 그제야 주위를 둘러봤다. 남자애가 말한 '팔레트'라는 곳은 아직 겪어 보지 않았음에도 밝고 명쾌한 장소인 것 같았다. 언뜻 보이는 여러 사람들은 하나같이 환히 웃고 있었다. 그러한 모습들은 이미 칙칙하게 변해버린 내가 보기에도 꽤 아름다워 보였다.

"… 여기는 또 어디야?"

"음…."

이곳이 어디냐는 내 질문에 남자애는 또 입을 다물고 한참을 고민했다.

"으음…. 여기는 그 천국이라 해야 할지 저승이라 해야 할지 아무튼 그 사이에 있는 마을이야."

"… 그게 무슨 말이야?"

"으아아아, 그러니깐 쉽게 이야기하면 영혼들이 머무는 곳이야. 그리고 환생을 담당하는 곳이라고도 할까?"

사실 저 남자애는 이곳에 대해 아는 게 없는 거 아닐까? 뭔가 하는 설명마다 다 애매하다.

"미안. 그게 우리한테는 화이트 룸이 화이트 룸이고 팔레트가 팔
레트라서 뭐라고 설명해 줘야 할지 잘 모르겠어."

그러고 보니 우리로 치면 대한민국은 왜 대한민국이고, 대한민국
은 뭐 하는 곳이냐고 묻는 거라 비슷하겠네. 이제야 왜 남자애 설명
이 그렇게 엉망이었는지 이해가 갔다.

"근데 팔레트에 온 거랑 색을 되찾는 게 무슨 상관이 있어?"

"아, 팔레트에는 영혼 관리 본부가 있거든. 거기 부서에 마음의 색
을 관리하는 데가 있어서 팔레트는 여러 색들이 모여 있는 곳이야! 아
무튼 여기서 관리 본부까지는 얼마 안 걸리니깐 서둘러! 빨리 가자!"

남자애는 자연스럽게 내 손을 붙잡고 앞으로 나아갔다. 손에 이끌
려 가는 도중 틈틈이 보이는 마을의 풍경은 내가 생각했던 것보다
훨씬 아름다웠다. 밝게 뛰어노는 아이들, 서로 배려하며 살아가는 주
민들, 마치 이야기 속에서만 보이던 이상적인 마을의 모습이었다.

"예쁘지? 팔레트는 가장 아름다운 마을로 유명해. 마을 사람들도
다 착하지만, 그것보다 팔레트 특유의 색감이 있는데 그게 정말 예
뻐! 네가 살던 세상에서 보던 것보다 훨씬. 그러니깐 너도 빨리 색을
찾아서 이걸 완벽하게 봤으면 좋겠어."

'그러게… 나도 그랬으면 좋겠어.'

남자애의 말을 들으며 마을을 다시 살피자, 색이 사라진 이후 처음으로 다시 색이 보고 싶다는 생각이 들었다.

"아…."

"응? 왜 그래?"

"… 아, 아니야."

색을 보고 싶다는 생각이 들자 동시에 여기 넘어온 이후 느껴지지 않았던 어둠이 크게 일렁였다. 아마 쓸데없는 생각을 하지 말라는 의미겠지, 신기하게도 어둠이 느껴짐과 동시에 아름답게만 느껴졌던 마을이 갑자기 칙칙하게 변한 것만 같았다. 그 이질감에 나는 더 이상 마을을 쳐다보지 않고, 남자애의 등만 바라보며 묵묵히 걸었다.

"짠!! 여기가 영혼 관리 본부야! 멋지지?"

남자애가 소개한 영혼 관리 본부는 내가 생각했던 것과 많이 다른 모습을 하고 있었다. 흔히 보이는 회사처럼 생겼을 거라고 생각했는데, 디X니 오프닝에 등장할 것 같은 성 하나가 크게 자리잡고 있었다.

"여기가, 영혼 관리 본부야?"

"응! 멋지지?!!"

"어…. 멋지네. 근데 우리 가야 하는 부서는 어디에 있어?"

"그 부서는 심판자님 집무실 옆에 있어."

그렇다면 그 심판자란 사람이 여기서 일하는 걸까 하는 생각을 하는 순간 다시 내 팔을 끌었다.

"그래서 우린 색 관리 부서에 가기 전에 심판자님께 먼저 들러야 해."

그 말과 함께 집채만한 성문 앞으로 갔다. 그러자 얼마 지나지 않아 성문이 '끼익-'거리며 열렸다.
"여기 되게 중요한 곳 아니야? 신분 검사 같은 거 없어?"
"아니 있어. 여기 들어오는 거 엄청 깐깐하다구."

근데 아까 우리는 딱히 검사라 할 만할 거 안 하지 않았나?
"아, 나는 조금 많이 특별하거든. 그래서 예외지."
"홋- 너 생각보다 자기애가 엄청 높구나? 그렇게 얘기하는 사람 처음 봤어."

내 말에 남자애는 뭔가 울상이 된 얼굴로 나를 쳐다봤다. '나름 칭찬한 건데 이런 칭찬 별로 안 좋아하나?' 내 표현 방식이 이상했던 건지 생각하며 발걸음을 서둘렀다. 순간 우린 약간 서먹해진 상태로 심판자의 집무실 앞에 도착했다.

똑똑-

"심판자님, 저희 도착했습니다."

남자애가 인사를 하자 굳게 닫혀 있던 문이 스르륵 하고 혼자 열렸다. 익숙한 듯 열린 문 안으로 들어가는 아이를 따라, 나도 재빨리 그 뒤를 따랐다. 커다란 집무실의 문을 넘어서자, 시원한 바람이 불더니 산처럼 쌓인 서류들이 보였다. 하지만 그것보다 내 시선을 잡아끈 것은 가운데 앉아 일을 처리하고 있는 한 남자였다. 그 남자는 긴 장발에 뭔가 싸한 눈을 가지고 있어, 마치 애니메이션 속에만 보던 흑막 캐릭터 같았다. 내가 그 신기한 외모를 살피고 있을 때 남자애가 나를 지나쳐 그 남자 앞에 섰다.

"그래서!! 데리고 왔는데 이제부터 뭘 어떻게 하실 거예요?"

남자애는 눈을 흘기며 그 남자에게 따지듯이 말을 걸었다. 꽤 높은 사람 같은데 저렇게 대해도 되는지 모르겠다. 이런 내 생각과 다르게 그 남자는 익숙하듯 남자애의 말을 넘기며 보던 서류에서 눈을 떼고 나를 빤히 쳐다보기 시작했다. 나는 저 사람이 정말 심판자가 맞는지 확인해 보고 싶었다.

"안… 안녕하세요. 저는 윤희정입니다. 당신은 누구세요?"

"심판자."

뚫어질 듯한 눈으로 쳐다보며 대답했다. 부담스러운 시선에 눈을 피했지만, 심판자는 그럼에도 아랑곳하지 않고 계속 나를 쳐다봤다. 결국 불타는 시선을 막은 건 잔뜩 짜증이 난 듯한 남자애였다.

"아, 쫌! 계속 쳐다보지만 말고 어떻게 할 거냐고요!"

남자애가 내 앞을 가로막고 빽 소리를 지르자, 심판자는 그제야 나에게서 시선을 떼었다. 그러고선 내가 알 수 없는 말을 나누기 시작했다.

"하하, 일부러 나쁜 의도로 본 건 아니었단다. 그새 확장이 어느 정도 되었는지 확인하려 했을 뿐이란다."

"하…. 그래서 어떤데요?"

"음…. 그렇게 좋다고는 할 수 없단다. 그래도 다행인 점은 네가 말했듯 아직 잔해가 남아 있다는 점인데. 이곳까지 오며 무슨 생각을 했는지 남아 있던 잔해마저 많이 옅어졌구나."

"아니, 그래서 어떻게 해요. 아니, 애초에 다시 되돌리는 게 가능하기는 해요?"

"완전히 불가능한 건 아니란다. 그저 그 조건이 까다로울 뿐이지. 하지만 천만다행히도 이 어여쁜 아가씨는 이 조건을 갖추고 있구나."

"그래? 그럼, 바로 시작하면 되겠네요!"

"그렇지. 그래서 너는 준비가 되었느냐?"

알 수 없는 대화에 멍이나 때리고 있을 때 갑자기 나를 부르는 말에 정신이 돌아왔다. 얼떨떨한 시선으로 주위를 살피자, 반짝이는 두 눈이 나를 빤히 쳐다보고 있었다.

"저, 죄송한데 뭐라고 하셨어요?"

"색을 찾을 준비가 되었냐고 물어보았단다."

심판자의 말에 나는 잠시 생각에 빠졌다.

'굳이 색을 찾아야 하나? 만약 엄청 힘들다면… 물론 찾으면 좋겠지만 없어도 딱히 불편하진 않았는데. 아니 근데 도대체 색을 어떻게

되찾아 준다는 거지? 내가 무슨 준비를 해야 하는 거지?'

생각이 꼬리에 꼬리를 물며 이어지고 있을 때 갑자기 눈앞에 불꽃이 튀었다. 딱밤이었다. 얼얼한 아픔에 상념에서 깨어나자, 눈앞에 심판자가 보였다.

"아가씨에겐 미안하지만, 사실 아가씨에겐 딱히 선택권이랄 게 없단다."

'뭐야 그럼, 왜 물어본 거야. 괜히 고민했잖아.'

차마 밖으로 꺼내지 못한 말을 속으로 툴툴대고 있을 때 조용하던 남자애가 또 액셀을 밟았다.

"그게 무슨 말이람. 선택권이 없다니, 나한테 그런 말 한 적 없잖아요!"

"색이 없는 것과 있는 것, 그럼 당연히 있는 것이 좋은 거 아닌가. 당연한 이치에 따르면 되는 법."

"하지만! 그래도 당사자 말도 듣지 않고… 여기까지 오는 것도, 선택도 없이."

"진, 내가 너랑 약속한 게 하나 있지 않나? 그걸 들어주기 위해서는 이 아가씨가 필요하다. 그리고 그걸 제외하더라도 이 아가씨에게는 다시 색을 되찾아 주어야 한다. 너무 위험한 걸 키우고 있거든. 그러니 이 일과 상황을 너무 싫어하진 말아 주게. 분명 아가씨에게도 너에게도 좋을 거야."

"뭐… 저는 딱히… 모르겠어요. 이 상황이 이해가 안 가서요. 그런데 색이 돌아오면 좋을 것 같기는 해요."

"그렇다는데, 진?"

내 대답에 남자애는 입을 다물고 고개를 숙였다. 그나저나 남자애 이름이 진이었구나. 특이하고 예쁜 이름이네, 근데 뭔가 익숙한 거 같기도 하고.

"자, 그럼 빨리 시작해 볼까, 린! 이제 들어와도 돼."

심판자의 말에 집무실 문이 열리더니 이번에는 붉은 머리를 가진 여자 한 명이 집무실로 들어왔다.

"소개하지. 이 사람은 색 관리 부서의 대표이자 내 비서야."

"처음 뵙겠습니다."

옅은 미소를 띠고 있는 비서분은 심판자와 달리 굉장히 진중하고 차분한 성격인 거 같았다.

"린, 그거 들고 왔어?"

"네."

심판자의 말에 비서는 품 안에서 향초 하나를 꺼냈다.

"아가씨, 이제 색을 되찾으러 갈 건데, 준비된 거지?"

"뭐… 네."

"음…. 좋아. 아가씨. 이제부터 린이 설명해 줄 건데, 흘려듣지 말고 꼼꼼히 들어야 한단다.”

“네… 네!”

뭔가 이 심판자, 아까부터 나를 대하는 게 어린아이 대하는 것 같다. 떨떠름한 기색을 숨기지 못하고 머뭇거리며 대답하자, 심판자가 크게 웃었다.

“희정 님, 이 향초에 불을 피우게 되면 색이 사라지게 된 시점으로 돌아가게 될 거예요. 희정 님은 그곳에서 아직 사라지지 않은 스톤을 찾아 그것을 드셔야 합니다.”

“근데 스톤이라는 게 뭐예요?”

“색이 모여 응축된 것입니다. 스톤은 보통 자신이 가장 익숙하거나 가장 좋아하는 장소에 있으니, 그곳부터 신중히 찾아보는 게 좋아요.”

설명만 들었을 때는 그렇게 어려운 느낌이 아니라, 조금 마음을 놓았다. 그런데 그런 내 모습이 티가 났던 걸까, 갑자기 비서님이 얼굴을 굳히고 진지한 표정으로 말을 이었다.

“물론 여기까지 들으면 그렇게 어려워 보이지 않겠지만 그곳으로 가게 되시면 희정 님을 방해하는 것들이 분명히 있을 겁니다. 그것은 무슨 수를 써서라도 희정 님이 색을 찾지 못하도록 막을 거예요. 그래야 자기가 살 수 있거든요. 하지만 절대, 절대 거기에 휘둘리거나 먹혀서는 안 됩니다. 제 말 이해 하셨나요?”

“(잘 모르겠지만…) 네.”

비서님의 말에 잠시 편안했던 마음은 어디 가고 약간의 긴장이 생겼다.

"그럼, 바로 시작합니다."

그 말을 끝으로 비서님이 향을 피웠고, 달콤한 향이 퍼지면서 나는 까무룩 눈이 감겼다.

4. 어둠

푹신한 침대의 감촉을 느끼며 감겼던 눈꺼풀을 들어올리자 익숙한 내 방이 보였다. 침대에서 일어나 주위를 살피자 영락없이 내 방이었다. 아, 다행이다.

하지만 마지막에 봤던 내 방과 다른 점이라면, 달력이 2개월 전인 날짜. 나에게서 색이 흐려지기 시작한 2023년 4월로 되어 있었다. 혹시 몰라 핸드폰으로 확인해 봐도 변한 건 없었다. 내가 돌아왔다는 것을 확인하고 나는 본격적으로 내 방을 뒤지기 시작했다. 스톤은 익숙한 장소나 가장 좋아하는 장소에 있다고 했으니, 나에게 가장 익숙한 내 방 안에 있을 확률이 높았다.

그렇게 가지런하게 정리해 두었던 방을 하나씩 뒤집어엎어 가며 방을 뒤졌지만, 아직 스톤을 발견하지 못했다. 더욱 깊숙한 곳을 찾기 위해 자리를 잡고 앉으려 할 때, 닫혀 있던 방문이 갑자기 열렸다. 그리고 방문 너머 엄마가 보였다.

"윤희정, 지금 이게 뭐 하는 거니?"

아, 실수. 차가운 엄마의 목소리가 내 고막을 스쳤다. 그 순간 몸이 딱딱하게 굳었다.

"지금 하루 일분일초가 중요한 시기에 이딴 식으로 시간을 낭비하니? 숙제는 끝냈니? 복습은? 예습은? 할 게 산더미인데 도대체 뭐 하는 거니?!! 주말이라고 풀어져서 이러는 거니?!!!!"

엄마는 평소와 같이 높은 목소리로 집이 떠나가라 소리를 질렀지만, 나는 엄마의 얼굴에서 눈을 뗄 수가 없었다. 그야 엄마가 말을 이을수록 엄마의 얼굴이 점점 어둠에 물들어 갔으니깐. 그 기괴한 모습에 눈을 떼지 못하고 있을 때, 아까 비서님께 들었던 이야기가 머리를 스쳤다.

[그곳으로 가게 되시면 희정 님을 방해하는 것들이 분명히 있을 겁니다. 그것은 무슨 수를 써서라도 희정 님이 색을 찾지 못하도록 막을 거예요. 그래야 자기가 살 수 있거든요. 하지만 절대, 절대 거기에 휘둘리거나 먹혀서는 안 됩니다.]

아, 그렇구나. 어둠, 어둠을 피해야 해.

그걸 깨닫는 순간 나는 이미 어둠에 먹힌 엄마를 뒤로하고 뛰기 시작했다.

'학교, 학교로 가자'

학교는 집 다음으로 오래 있는 장소였다. 즉 내게 익숙한 곳이라는 의미. 그래서 나는 이제 엄마를 넘어 이미 집까지 먹어버린 어둠을 뒤로하고 학교로 미친 듯이 뛰었다. 익숙한 길을 따라 조금 뛰자 매일 가던 건물이 눈에 들어왔다. 방과 후 수업이 있어 열려 있던 교문을 지나쳐 우리 반으로 뛰어갔다. 안 쓰는 신발장에 숨겨져 있는 여분 열쇠를 찾아 교실 문을 열고 교실로 들어갔다. 그리고 미친 듯이 교실을 뒤졌다. 내 책상에도 없고 내 사물함에도 없자 나는 친구들의 것까지 뒤졌다. 하지만 아무리 교실을 뒤져봐도 스톤은 나오지 않았다. 결국 교실에는 없다고 판단하고 다른 곳으로 가야겠다고 생각할 때, 드르륵거리며 문이 열렸다.

"윤~희~정."

이은정이다. 중2, 중3 계속 같은 반이 되며 나를 은근히 괴롭히던 애. 도대체 왜 자꾸 이런 애들이 찾아오는지 모르겠다.

"어머 네가 이 시간에 웬일이야? 희정아, 너는 좋겠다. 부모님이 교수니깐 부모님이 다 알려주고, 머리가 똑똑한 것도 다 부모님 덕이잖아. 아~~ 부럽다. 나도 너네 부모님 밑에서 태어났으면 나도 너처럼 편하게 살았을 텐데~"

이번에도 이은정이 고정 레퍼토리를 꺼내자, 그곳이 점점 어둠에 잡아먹혔다. 이제 알겠다. 어둠은 내 상처를 건드린다. 아직 덜 빠진 멍과 아물지 못한 상처를 건드리는 것이다. 이 기분과 나쁜 감각을 떨쳐내기 위해, 어둠으로부터 피하기 위해 나는 계속 달렸다. 열려 있는 교실을 찾기 위해 계속 달렸지만, 어쩐지 열려 있는 교실이 보이지 않았다. 그럼에도 멈추지 않고 달리고 있을 때, 누군가 내 손을 잡았다. 고개를 돌리자, 학원 수학 선생님이 보였다. 왜 학원 쌤이 학교에 있는지에 대한 의문을 느끼기도 전에 본능적으로 손을 빼내고 달리려고 할 때, 누군가와 부딪쳤다. 이은정의 친구인 이혜은이었다.

불길했다. 소름 끼치고 불쾌한 감각이 발끝에서부터 머리끝까지 느껴졌다. 여기서 피해야 한다는 생각이 들었지만 어디서 왔는지 모르는 우리 반 아이들과, 같은 학원에 다니는 아이들이 내 주위를 순식간에 둘러쌌다.

"희정아, 희정아, 희정아, 희정아,희정아희정아희정아희정아희정아 희정아희정아희정아희정아희정아희정아희정아희정아희정아희정아 희정아희정아희정아희정아희정아희정아희정아희정아희정아희정아 희정아희정아희정아희정아희정아희정아희정아희정아희정아희정아 희정아희정아희정아희정아희정아희정아희정아, 그러지 마. 가지마, 나랑 같이 있자. 응? 나랑 나랑 나랑 응?????????"

어둠에 먹혀버린 수학 선생님이 몸을 기괴하게 꺾으며 다가왔다. 아무리 피하려고 해도 이미 어둠에 먹힌 사람들이 가득하니 진퇴양난이었다. 결국 수학 선생님의 손이 나를 잡았고, 다시 끝없는 어둠에 빠지는 감각을 느꼈다. 색을 없애고 마음마저 얼어 붙인 어둠은 이번에는 나에게서 무엇을 빼앗아 가려고 이러는 걸까. 끝없는 허탈감을 느끼며 어둠에 몸을 뉘었다. 기운이 점점 빠졌다. 비서님이 했던 말이 떠올랐지만, 아무것도 할 수 없는 지금 딱히 도움 되지 않았다.

"야, 윤희정~~!!!!!!"

그때 누군가 어둠에 빠진 내 손을 잡아끌었다.

"정신 차려!!"

남자애였다. 남자애는 그대로 내 손을 잡고 하늘을 날았다. 어둠에 먹힌 사람을 피하기 위해서인 거 같았다. 도착한 곳은 어느 공원. 공원 중간 벤치에 나를 내려놓고 남자애는 불같이 화를 냈다.

"너!!! 너 제정신이야?!!! 아까 린이 한 설명은 도대체 어디로 들은 거야! 너, 그대로 먹혔으면 어떻게 하려고!"

남자애의 화를 듣고 있을 때 속에서 뭔가 울컥하고 올라오는 기분이었다. 내가 좋아서 잡힌 것도 아니고, 좋아서 포기한 것도 아니다. 어둠은 어느 순간 제멋대로 나타나 내 모든 걸 가져갔는데 왜, 왜 내가… 혼나야 하는데….

"아무튼 너 또 그러면…?"

아팠다. 무시하고 방치했던 상처가 갑자기 건드려지는 고통은 너무 아팠다. 힘들었다.

"야, 야 왜 울어?"

"나도, 나도 싫어, 나도 어둠 같은 건 싫다고! 내 뜻이 아니잖아!"

우리 부모님은 두 분 모두 대학교수이시다. 그러다 보니 학구열이 높으셨고 그중 엄마의 기대가 높았다. 내 일거수일투족을 확인하며 모든 스케줄을 통제하셨고 거기서 조금만 벗어나도 불같이 화를 내셨다. 그렇게 지내다 보니 나는 자연스럽게 사회성이 떨어졌고, 아이들 사이에서 따돌림을 당하게 되었다. 아마 그때부터 어둠이 보이기 시작했을 것이다. 나에 대한 엄마의 집착은 내가 중학교에 올라가며 더욱 심해졌고 중학교 3학년이 되었을 때 최고점을 찍었다. 그리고 그때, 나는 어둠에 색을 빼앗겼다.

"윤희정."

남자애는 울면서 하는 내 얘기를 듣더니 내 손을 잡고 내 눈을 바라봤다.

"흐엉흐엉… 흐으… 왜?"

"이렇게 말해 봐."

"하기 싫어, 그만해. 그런 식으로 말하지 마."

남자애는 알 수 없는 말들을 따라 해보라고 했다.

"얼른."

"하기, 싫어. 그만해, 그런 식…으로 말… 하지 마."

그 말을 따라 하자 꽉 막혀 있는 마음이 조금 열리는 듯 한 기분이 들었다. 그 이후에도 남자애는 나에게 '힘들어, 아파, 하지 마.' 등 내가 입에 잘 담지 않았던 말들을 해보도록 했다. 그 말을 따라하자, 놀랍게도 마음속에 언제 생겼는지 모를 빗장이 풀린 느낌이었다. 그리고 그걸 느낌과 동시에 하늘에서 무언가가 툭 하고 떨어졌다.

"어머!"

"야, 그거…."

떨어진 것은 그렇게 찾던 스톤이었다. 스톤은 여러 가지 색이 섞인 작은 조약돌 모양이었다.

"야, 야야 스톤이야!! 찾았네! 빨리 먹어!!"

남자애는 나보다 더 신난 듯한 목소리로 나를 재촉했다.

조금 전까지 침울했던 기분은 스톤을 발견하자 설렘으로 변했다. 침을 크게 한 번 삼키고, 작은 조약돌을 꿀꺽 삼켰다. 잠깐 눈앞이 흐릿해지는 듯하더니 공원의 푸르른 식물들과 맑은 호수와 하늘 색색의 꽃들이 아름답게 펼쳐졌다.

아, 여기는 그곳이었다. 부모님과 어릴 적 처음으로 나들이를 나온 공원. 그 이후에도 막막하면 가끔씩 찾아오는 내가 가장 좋아하는 공원. 그걸 깨닫자, 나는 남자애를 쳐다봤다.

"어때? 색이 보여?"

"어…어, 보여. 정말 보여."

"다시 색을 보게 된 기분은?"

"너무. 예뻐."

내 말에 남자애는 나를 보며 예쁘게 웃었다.

"그럼, 색도 찾았으니 이제 돌아가자!"

이번에는 내 의지로 내가 먼저 남자애 손을 잡았다.

5. 색이 돌아온 세상

훅 이끌리는 감각과 함께 눈을 뜨자, 심판자님과 비서. 그리고 나의 손을 잡은 채 누워 있는 남자애가 보였다.

"아가씨, 일어났어?"

"네…."

나는 뻐근한 몸을 풀며 심판자님께 대답했다. 그때 남자애에게 잡혀 있던 남자애의 손도 꿈틀하더니 이내 남자애가 눈을 떴다.

"아…."

눈을 뜬 남자애는 뭔가 달랐다. 색을 볼 수 있게 된 지금, 남자애의 눈이 7색으로 섞여 있다는 것을 알게 되었다.

"드디어 찾은 거니?"

"네…."

심판자님은 그런 남자애의 눈을 보며 알 수 없는 말을 나눴다. 그 모습에 어떤 기시감을 느꼈다.

"그런데… 아까 제가 남자, 아니 진에게 도움이 된다고 한 건 뭐예요?"

내 말에 두 사람은 놀란 얼굴로 나를 쳐다봤다. 그리고 이내 심판자님이 말을 하려고 할 때, 남자애가 그걸 막았다.

"내가 말해야죠. 사실 내가 말 안 한 게 있는데 사실 나도 논-컬러야.”

“어?”

“숨겨서 미안. 근데 나는 너와 다르게 선천적인 케이스야.”

“아니, 근데 잠깐만 근데 너는 색을 볼 수 있었잖아.”

“음…. 그게 나는 한번 치료에 도전한 적이 있어. 그런데 선천적 케이스의 논-컬러가 회복하기 위해서는 후천적 케이스의 논-컬러가 꼭 필요해. 그들 스톤의 파장이 선천적 케이스의 논-컬러들이 색을 깨닫게 하는 데 도움을 주거든. 근데 내가 본 후천적 케이스의 논-컬러가 스톤을 먹는 와중에 어둠에 먹혀버려서, 나는 그 파장을 반밖에 흡수하지 못했어. 그래서 색을 반밖에 볼 수 없었어. 색이 보인다고도, 보이지 않는다고도 할 수 없는 상태였지. 오늘 네 덕에 나도 색을 전부 흡수했어. 고마워. 정말 고마워.”

남자애는 오늘 본 것 중 가장 예의 바른 태도로, 그리고 예쁜 미소를 지으며 내게 고마움을 전했다. 오히려 도움을 잔뜩 받은 건 나인데 말이다.

“나야말로 날 도와줘서 정말 고마워.”

서로 고마움을 전하며 몽글몽글한 기분이 들 때, 심판자님이 그 맥을 끊었다.

“훈훈하고 좋은 분위기에 미안. 하지만 아가씨는 이제 돌아가야 한단다.”

‘아. 그러고 보니 나 혼수상태에 빠져 여기 온 거였지?’

헤어짐이 아쉽고 쓸쓸한 것은 나뿐이었는지 심판자는 칼같이 문을 열었다. 또 허공에 문이 생겼고, 심판자님은 직접 그 문을 다시 한번 열어 주었다.

"이 문에 들어가면 다시 현실로 돌아갈 수 있을 거야. 그전에 네가 선택할 것이 있는데, 아가씨는 오늘의 기억을 지우겠는가. 아니면 유지해서 기억하겠는가?"

"…… 당연히 기억하고 싶어요."

"그래, 그러면 기억에는 손을 대지 않을게, 얼른 가렴, 또 색을 잃고 여기로 오면 안 돼. 당부할게. 이제 너의 마음을 잘 표현하렴. 그러면 색을 잃지 않게 될 거야."

심판자님의 손에 이끌려 문을 넘으려 할 때 갑자기 남자애의 외침이 들렸다.

"내, 내 이름 한성진이야!! 나중에 꼭 다시 만나자!"

"응! 정말 고마워!"

이제 정말 현실로 돌아갈 시간이었다.

6. 에필로그

그날 이후 내 세상은 많이 달라졌다.

무조건 따르던 엄마에게 반항도 하고 내 의견을 밝히기도 하였다. 그 과정에서 많은 갈등이 있었지만, 결국 타협점을 보고 집에서 느껴지던 답답한 기분에서 어느 정도 해방될 수 있었다. 무엇보다 세상 모든 것이 더 아름다워 보였다.

아, 그리고 고등학교에 올라가며 친구를 사귀게도 되었다. 이제 따돌림당하는 외톨이가 아니라, 아이들 속에서 중심이 되어 가고 있다는 걸 느낄 수 있었다. 함께 마음을 나눌 수 있다는 누군가가 있다는 건 정말 좋은 것 같다.

그리고 시간이 지나 내가 원하는 대학에 붙고 개강 신입생 환영회 날. 난 드디어 인연을 만났다.

"…한 …성 …진?"
"응!! 오랜만이야 희정아!"

순간, 내 머리 위로 무지개가 생겼다. 이제 나의 청춘이 시작될 것만 같은 느낌이다.

🍃 마치며 〰️〰️〰️〰️〰️〰️〰️〰️〰️〰️〰️〰️

후기를 쓰는 게 가장 어려운 것 같습니다.

사실 한 번도 이런 장르의 이야기를 써 본 적이 없어서 잘할 수 있을지 걱정이 되었지만 어떻게든 끝낼 수 있어서 다행입니다.

가족과 친구 사이의 상처로 인해 마음을 닫고
색을 잃은 이야기가 잘 표현되었기를 바랍니다.
누구나 상처를 받지 않고 살아갈 순 없지만
거기에 너무 깊게 매몰되지 않기를 바랍니다.

오색 빛깔 찬란한 여러분의 하루하루가
청춘, 그 아름다운 순간일 것입니다.

오늘도 내일도 행복하시길 바랍니다.

학교 괴담 청춘 보고서

'나도 작가' 책쓰기반 3학년

조수아

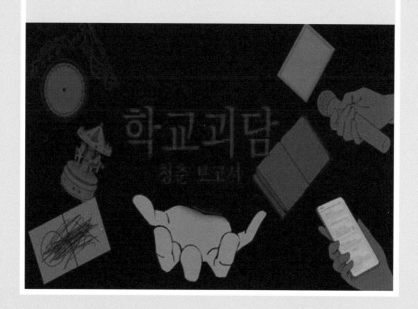

작가소개

작가명······ ㅅㅇ (필명: 시옷이응)

꿈······ 돈 많이 벌어 살기

좌우명······ 너는 너, 나는 나

취미······ 그림 그리기, 소설 쓰기

좋아하는 노래······ CRAVITY – Party Rock

좋아하는 순간······ 복도 중앙 통로에서 도서관으로

발걸음을 옮기는 순간

✦ 십 대. 빛나는 순간을 보내고 있는 나에게 한 마디 ······

잘 버티고 있어. 최선을 다하자.

시작하다

지금부터 드릴 이야기는 믿거나 말거나 모두 개인에게 책임이 있습니다. 저는 이 학교의 심령현상 동아리의 부장입니다. 제 이름은 다들 아시죠? 특이하다고 많이 소문났던데.

제 이름이 문제가 아니라 일단 여러분께 우리 학교의 괴담을 설명하도록 하겠습니다.

우리 학교에는 학생들에게 널리 알려진, 알려지지 않은 괴담이 총 7개가 존재합니다. 저희는 괴담들을 전부 조그마한 경험담과 제보 등으로 확인했으며 이 책을 쓰게 되었습니다.

◎첫 번째 괴담. 가만히 있어도 움직이는 펜, 저주의 시작점,
　창고 안 분신사바 괴담.

◎두 번째 괴담. 도망쳐야 살아남는 **체육관의 괴담.**

◎ 세 번째 괴담. 의문의 오르골 소리. **무용실 괴담.**

◎ 네 번째 괴담. 문제를 풀어야 하는 **교실 괴담.**

◎ 다섯 번째 괴담. 진짜 시계를 찾아야 하는 **시계 괴담.**

◎ 여섯 번째 괴담. 아무도 모르는 그 너머. **거울 괴담.**

◎ 아무도 진실을 모르는, 저주의 마지막, 이 학교 전체가
　당신을 속이는 **친구 괴담**

이 괴담이 당신에게 어떤 저주를 내릴지, 혹은 축복을 내릴지 아무
도 모릅니다. 그저 괴담을 마주해야 할 뿐.

갑자기 소리 소문도 없이 모두에게서 사라질 수도 있고, 운이 좋다면
괴담을 해결해 저주에서 벗어날 수도 있을 것입니다. 혹은 그저 아무
도 해결하지 못한 채 전설 속의 이야기로만 남을 수도 있을 것입니다.

이 책을 읽고 있는 당신들은 책을 왜 펼치게 되었을까요? 그저 도
서관에 전시되어 있어서? 심령현상에 관심이 있어서? 혹은, **학교에
괴담이라는 저주에 걸려서?** 저주에 걸린 당신은 과연 이 괴담의 저
주에서 벗어날 수 있을 것인가요?

그럼 행운을 빕니다.

「심령현상 동아리가 모두에게」

1. 분신사바 강령술

"구윤재 완전 늦어. 지각이야. 빨리빨리 좀 다니라고."

태윤, 윤재, 한서, 지윤, 여름, 지환, 정원이 있는 폐교 창고 안에서 한서의 불만 가득한 말소리가 울렸다.

"내가 늦는 게 한두 번인가. 그냥 네가 적응해. 그럼 편하다구?"

그래서 창고까지는 왜 부른 거야?

창고 중간에는 마치 분신사바 강령술과도 같은 OX 판이 준비되어 있었다.

"분신사바 맞아. 지환이가 들어갔다가 찾았어. 대단하지 않아?"

남태윤의 답에 칭찬이 약한 백지환의 귀가 빨개지며 말한다.

"우연히 찾은 것뿐인 걸. 재밌어 보여서 너희들 불러봤어."

판 위에 지환이의 삼색 볼펜을 놓았다.

"검은 잉크랑 파란 잉크가 다 나가서 빨간색밖에 못 써."

"더 분위기 있는데?"

"대낮인데 분위기는 얼어 죽을."

지환이 먼저 볼펜을 잡자 여름이 따라잡았다.

"분신사바 분신사바…."

"귀신님 오셨나요?"

반응조차 없는 펜. 실망하는 윤재.

"에이 이게 뭐야. 아무 반응도 없잖아. 재미없어."

"한 번만 더 해보고 안 되면 그만하자."

"분신사바 분신사바…."

귀신님 오셨나요?

볼펜이 O 쪽으로 향했다.

"야야야 대박, 너희가 움직인 거 아니지?"

"야, 백지환. 네가 움직인 거 아냐?"

"여름이 너 아니었어?"

진짜였다. 아무도 움직이지 않은 볼펜이 스스로 움직였다. 정말로 귀신이 온 것이다.

"뭐부터 물어봐야 하지?"

"이번 대○중 수학 수행은 쉽나요?"

윤재의 질문에 볼펜이 X 쪽으로 향한다.

"어차피 공부도 안 하면서. 참 너답다, 구윤재⋯."

"야, 민지윤. 너도 그렇고 우리 다 한 번쯤은 생각해 볼 만한 질문 아니냐?"

"응, 아니야."

지윤과 윤재가 말다툼을 하는 사이 고정원이 물어보았다.

"저 여자친구 생길 수 있을까요!"

볼펜은 움직일 기미가 보이지 않았다.

"풉. 안 생기나 보네."

"웃지 마라, 구윤재."

볼펜이 O쪽으로 이동했다.

"아, 확인 사살, 진짜!"

"너는 연애 절대 못할 듯ㅋㅋ."

"시끄러 구윤재. 귀신님 공부 잘했었어요?"

볼펜이 다시 X 쪽을 향한다.

"완전 정직하네. 고정원 솔탈 실패 확정!"

"그만 놀리라고! 너 일로 와!"

이번엔 윤재와 정원이 서로 투닥거리는 동안 가만히 있던 남태윤이 질문했다.

"귀신님 언제 죽었어요? 최근?"

"남태윤 나도 그렇지만 너도 참. 너는 무섭게 왜 그런 걸 묻고 있…."

윤재의 불만 담긴 말은 더 이상 이어지지 못했다. 남태윤의 질문에 볼펜이 O와 X를 왔다 갔다 하며 빠르게 이동하기 시작한 것이다. 놀란 모두가 비명을 질렀고, 볼펜을 잡고 있는 여름과 지환을 제외한 모두가 일어섰다.

"꺄아악!! 저게 뭐야!!"

"엄마야! 뭐야 왜 저래!! 무서워!! 그만해!!"

"야, 이거 너희 둘이서 장난치는 거지!! 하지 마!!"

"아니야! 지환이 이거 네가 장난치는 거야?"

"아니야!! 이거 왜 이래! 내 손이 막 혼자 움직이는 느낌이라고!! 누가 좀 멈춰봐!!"

결국 볼펜을 잡고 있던 지환과 여름은 겨우 볼펜을 놨고, 그 자리에서 모두가 창고를 뛰쳐나가며 도망쳤다.

사용자가 사라진 볼펜은 한참을 가만히 있었다.

*

분신사바를 끝내고 3일 후. 그 3일간 아이들은 엄청난 피곤함에 빠져 있었다. 늘 새벽까지 공부만 하는 남태윤이 피곤한 것은 인정이라고 한다면, 공부도 잘 안 하고 밤늦게까지 늘 게임만 해도 피곤해하지 않던 구윤재까지 피곤함을 느끼니 모두가 이상하다고 생각했다.

"혹시 이게 다 그때 그 분신사바 때문 아니야?"

소름이 쫙 돌았다. 설마 장난삼아 해보았던 분신사바 때문에 저주라도 걸린 것일까.

그렇게 생각하다가 한서가 휴대폰을 보여주며 말했다.

"야, 거기 귀신 나오는 폐교였다는데?"

"폐교에는 원래 귀신이 나오잖아."

"아니 진짜로. 여기 들어갔다가 귀신 본 사람 많다고 인터넷에 쓰여 있었어. 그 학교 7대 괴담이라면서 그런 게 있었나 봐. 봐봐."

체육관 괴담 / 무용실 괴담 / 교실 괴담 / 시계 괴담 / 거울 괴담

"다 합쳐도 5개밖에 안 되는데? 7대 괴담이라며. 7개는 있어야 하는 거 아니야?"

"원래 괴담이 몇 개씩 빠지고 생기고 하는 거지 뭐. 아마 하나가 분신사바 괴담이었나 봐."

"그래서 우리가 이것 때문에 피곤하다는 거야?"

"그냥 갑자기 피곤해진 거 아니야?"

"그러지 말고, 우리 밤에 다시 가서 괴담 한번 시험해 보면 안 돼?"

"안 돼. 너무 위험하잖아."

확실히 한서의 제안은 위험했다.

"그래도 난 한서 말에 찬성! 민지윤, 너는 뭐 다른 대책이라도 있냐?"

"넌 그냥 재미있어 보여서 가는 거잖아."

"그게 뭐 어때서."

"좋아, 나도 갈게. 솔직히 말해서 심령현상은 안 믿는 편이지만 가면 그거대로 없다고 증명하는 거니까."

남태윤의 참석에 나머지 아이들이 동요했다.

"나도 갈래. 남태윤이면 믿을 만할지도."[4/7]

"그럼 나도 간다. 참고로 백지환이랑 나는 한 쌍이야."[6/7]

가지 않는다고 말한 사람은 민지윤 혼자였다.

"민지윤, 너 진짜로 안 갈 거야?"

곰곰이 생각하고 있던 민지윤은 마지못해 참석하기로 했다.

"아, 그래, 알았다고. 간다, 가. 가면 되잖아!"[7/7]

7명 모두가 가기로 했다.

"그럼 오늘 자정 학교 정문 앞에서 보자. 구윤재! 지각하지 마!!"

*

아무도 없는 밤 윤재가 결국 잠을 자는 바람에 늦어서 약속 시간 30분 뒤인 12시 30분. 학교 정문 앞에, 7명이 모였다. 학생들은 담을 넘어 운동장으로 들어왔다.

모래뿐인 넓은 운동장. 아무것도 없다.

건물 문은 낡아 쉽게 열렸다.

아이들은 학교 안을 둘러본 적이 없어서 돌아다니고 있었다.

도서관에 간 남태윤과 윤한서, 아직 운동장에 남은 구윤재와 민지윤, 복도를 돌아다니는 백지환과 고정원, 그리고 서여름.

"얘들아, 운동장에 있는 애들 데리고 도서관으로 와봐."

도서관에 도착하자 남태윤이 책 한 권을 들고 있었다.

"뭐야. 아직 책이 남아 있네."

"거의 다 찢어진 책이긴 하지만 이거 봐봐. 한서가 말한 괴담들이 다 적혀 있어. 정식 출판된 건 아닌 거 같은데… 아무튼 읽어 줄게."

태윤이 페이지를 넘겼다.

"이 학교에서 절대 분신사바 놀이는 하지 말 것. 무슨 일이 일어
나도 학교는 책임지지 않습니다. 혹여 무슨 일이 생길 시에는…
듣고 있냐?"

"미안, 뭐라고?"

"너무 길다. 짧게 요약해 봐."

"… 어휴. 그냥 학교에서 분신사바 하지 말라는 얘기잖아. 그 뒤로 는 찢겨서 못 읽어. 책이 유독 얇은 이유가 다 찢겨서일 거야."

"아니! 왜 사람들은 책의 중요한 부분들을 다 찢어두는 거야?!"

"아, 구윤재 시끄러워!"

"어디부터 가볼래? 괴담 찾아가 보자고!"

"목차 보면 분신사바 다음이 체육관 괴담인데, 체육관 가볼래? 3층인 거 같아."

"그렇다면 체육관부터 고! 출발!"

7명의 학생들은 체육관으로 향했다. 체육관 문은 왜인지 모르게 열려 있었고, 덕분에 쉽게 들어갈 수 있었다.

*

"근데, 우리 분신사바 그거 펜 안 들고 왔는데 종이랑 같이 태워야 하는 거 아니었나?"

"괜찮아. 내가 태웠어. 걱정 마."

"여름이 네가 그렇다면야 걱정 없지."

"태우고 난 자리에 소금까지 뿌렸어. 미신이지만 그래도."

"역시 여름이라니까. 일 처리는 깔끔해."

"그러니까 걱정 말고 앞이나 제대로 봐. 그러다 넘어진다?"

"헹. 그럴 일 없거드아아악!"

"에휴… 쯧쯧쯧."

Ⅱ. 체육관

체육관에 도착한 아이들, 체육관은 모든 불이 꺼져 있었다. 늦은 밤이어서인지 완전한 암막처럼 보였다.

"전등 스위치는 찾았어. 이거 켜는 순간 무슨 일이 벌어질지 난 모른다. 다 각자 알아서 해. 갠플."

스위치 앞으로 다가간 지환이 말했다. 지환이 셋을 센 후 체육관의 모든 전등이 켜졌다.

체육관의 모든 전등이 켜지자, 눈앞에 보이는 것은…,

"야, 아무것도 없는데. 뭐야. 괜히 긴장했네."

괴담으로 칠 만한 게 아무것도 없었다.

"그냥 운동부들이 쓰던 공밖에 없는데?"

"그만큼 심령현상은 다 과학적이지 못하다는 거지. 아까 그 책도 사실 학교 심령현상 동아리에서 만든 거였어."

"그럼 다 거짓말이라는 거야?"

"재미없네."

"그렇다고 하기엔 분신사바 때 남태윤 너 엄청 놀랐으면서."

"백퍼 서여름 아니면 백지환이 장난쳤겠지."

"뭐래. 우리 진짜 아니었거든?"

이대로 돌아가기에는 아쉬워 체육관을 조금 더 돌아보기로 했다.

농구공, 축구공, 배구공…. 체육 시간에나 쓸 공들이었다.

"진짜 아무것도 없네? 기대했는데 이러기 있냐."

"이제 그만 집에 갈까? 몰래 나온 거라 빨리 돌아가야 해."

"오케 오케."

다시 돌아가려던 그때 불이 꺼졌다.

"엥. 하긴 불이 켜지는 게 더 신기한 거였나."

"불 누가 껐어?"

갑자기 불이 켜지자, 눈에 보이는 건

"저게 뭐야! 징그러워!"

미라? 인형? 말로 할 수 없는 무언가가 여러 군데 서 있었다.

"야, 이거 지금 우리한테 다가오는 거 같은데에엑!!"

정체불명의 무언가가 다가오자 7명의 아이들은 살기 위해 뛰기 시작했다.

"아, 이거 뭔데. 진짜앆!"

평소 운동을 즐겨 하던 윤재, 지윤, 정원과 지환은 빠르게 피해 나갔지만, 앉아서 공부만 주야장천 하던 태윤은 달랐다.

"얼마나 뛰었다고 벌써 숨이⋯."

결국 태윤은 윤재가 손을 잡고 억지로 같이 뛰게 만들 수밖에 없었다.

"해결 방법 뭔데! 책에 없었냐고! 분신사바 내용도 있었다며!"

"구윤재 조용히 해!! 읽어줘도 아무도 안 들어서 휴대폰에 찍어두기만 했다고! 지금 뛰기 바쁜데 휴대폰 꺼낼 시간도 없어!"

"그러게 평소에 운동 좀 하지!"

"야, 거기 둘 다 싸우지 말고 일단 뛰어!!"

"저기 보이는 빗자루든, 대걸레든 아무거나 일단 집어 봐!! 아니면 공 집어서 던져!"

무기를 가지게 된 7명은 전보다는 쉽게 도망칠 수 있었다.

달라붙으면 손에 가진 무기로 쳐내며 달리고, 계속 달렸다.

"문이 안 열려! 안 열린다고! 갇혔어!"

빠르게 뛴 정원이 문에 도착했지만, 문은 열리지 않았다.

"말도 안 돼! 그럼 어떻게 탈출하라고!"

"문이 왜 안 열리는데!"

"야! 그냥 문 부숴버려!"

"되겠냐고! 부숴도 문제란 말이야아아ㅏ 끼!"

덮쳐오는 정체불명의 무언가 때문에 다시 문에서 멀어지는 정원.

"이제 어떻게 하라고!"

서여름은 절망했고, 남태윤은 도망치며 깊은 생각에 빠졌다. 그런 분위기를 풀기 위해 민지윤도 머리를 굴리지만 아무런 생각조차 나지 않았다.

도망치던 그때 지환과 한서가 체육관 무대 위 조명을 제어하는 제어실로 들어갔다.

"야! 너희만 살기냐!"

"일단 살고는 봐야지!"

한서는 제어실 안을 찬찬히 둘러보다가 스피커와 연결된 마이크를 찾았다.

"아아. 이거 되는 거야?"

지환이 스피커를 틀자, 한서의 마이크 소리가 울려 퍼졌다.

그러자 정체불명의 무언가들이 움직임을 잠깐 멈췄다.

"저것들 아까 잠깐 멈추지 않았어?"

"그런 것까지 볼 시간이 있냐! 달려!"

잠깐의 정지를 확인한 남태윤은 실험해 볼 게 있다며 윤재의 손을 뿌리쳤다.

"야! 뭐 하는 짓이야! 정신 나갔어?!"

"잠시만 기다려 봐!"

태윤은 손을 뿌리치자마자 가만히 서 있었고, 정체불명의 무언가에 잡혔다.

"야! 남태윤!"

태윤은 정체불명의 무언가 가까이에서 크게 소리를 질렀다.

그러자 정체불명의 무언가가 움찔하더니 태윤에게서 멀어졌다.

"이것들은 소리가 약점이야! 잡히는 순간 완전 크게 소리 질러!"

태윤은 다시 윤재의 손을 잡았다.

"잡히는 건 귀찮아! 소리 지르기도 힘들어! 뛰어! 뛰어!"

"공부만 하더니 정신 나갔냐?"

윤재는 태윤과 함께 다시 뛰기 시작했다.

"한서야 노래라도 부르는 건 어때? 너 어릴 때 노래 잘 불렀잖아. 컴퓨터는 이상하게 먹통이고. 지금 여기가 제일 안전… 한서야?"

마이크를 잡은 한서에게 다가가 물어보았다. 어쩌면 이 마이크가 여기서 탈출하는데 유일한 길일지도 모른다. 하지만

"못해…. 못한다고! 이럴 줄 몰랐어. 노래를 불러야 하는 줄은 몰랐다고!"

한서의 얼굴이 창백했다.

노래에 대한 트라우마.

한서는 예전에 노래에 대한 자부심이 컸다. 다 같이 노래방을 가면 제일 높게 점수를 받는 사람도 한서였고.

그런 한서가 노래에 대해 트라우마가 생긴 건 대회 때문이었다.

지역에서 열린 노래 대회에 한서는 참가했었다. 그런데 마지막 차례였던 한서가 노래를 부르려 하자 마이크의 배터리가 다 되어버렸고, 그렇게 한서의 차례는 망해버렸다. 당연 탈락.

그때의 한서는 너무 어렸다.

"못해! 못한다고! 못하겠단 말이야! 내가 왜 노래를 그만뒀는지 아직도 모르겠어?! 나는 못 해!"

"아니, 애초에 이게 정답이라는 확신이 있어? 그러다 아니면 어쩌려고?"

"결국 또 망해버릴 노래잖아!"

"차라리 백지환 네가 하란 말이야!"

트라우마가 건드려진 한서가 계속해서 소리쳤다. 스피커를 통해 모든 아이들이 듣고 있었다. 그런 한서를 민지윤이 진정시켰다.

"야, 윤한서! 못 부르더라도, 정답이 아니라도, 아무도 너한테 뭐라고 안 해! 사실 지금 이거 아니면 다른 방법도 없어! 네가 아무리 못 불러도 백지환 쟤보다는 네가 훨씬 더 나아! 지금 여기서 너 노래 못 부른다고 뭐라 할 사람 없어! 몇 년 지기 친구들한테 노래도 못 불러 주냐!"

'여기서 네가 노래 제일 잘 불러!'

어쩌면 사실 무서웠던 건지도 모른다.

그때 있었던 일 따위 초등학생 때의 흑역사로 넘길 수 있었는데도 그러지 못했다.

어쩌면 무서워서.

다만 이젠 넘길 때가 되었다.

한서는 떨리는 손으로 마이크를 고쳐 잡았다.

"아직 시설이 이렇게까지 남아 있는 것도 신기하네. 그치 윤한서?

많이 긴장했니? 내 말 들리니?"

한서에게 노래란 꿈이었고, 자랑이었다.

그랬었던 그때로 다시 돌려보자.

한서는 다시 초등학생 때처럼 즐겁게 노래를 부르기 시작했다.

즐겁게. 다시는 그때 생각이 나지 않도록. 스피커에서는 유튜브에서 노래를 틀었다고 믿을 정도의 노래가 울려 퍼지고 있었다.

"이거 봐. 노래는 얘가 제일 잘 부른다니까."

한서의 노래는 계속해서 울려 퍼졌고 지환은 스피커의 음량을 더 키웠다. 점점 커지는 소리.

정체불명의 무언가들은 점점 굳어가기 시작했고 그 틈을 타 정원이 문 앞으로 다시 도착했다.

"됐어! 드디어 문이 열려!"

정원이 문을 열고 먼저 탈출했다.

한서의 노래가 끝나갈 때쯤, 지환이 한서의 마이크를 뺏어 크게 소리를 질렀다.

"아아아아아아아악!"

소리를 지른 후 한서의 손을 잡고 제어실의 문을 열고 달렸다.

정체불명의 무언가들은 마지막 굉음에 모두 멈춰 있는 상황. 제어실과 출입문, 그 긴 거리를 빠르게 달려야 한다.

"빨리! 조금만 더!"

한서까지 전부 탈출하고 정원이 문을 닫아버리자 체육관의 불은 꺼졌다.

"됐다!!"

"으아아아아…."

"아, 힘들어."

모두가 안심한 듯 바닥에 주저앉았다.

체육관 안은 아무것도 보이지 않았다. 처음 왔을 때처럼.

"야, 가위바위보 진 사람이 다시 들어가 봐."

"정신 나갔어? 거길 다시 들어가?"

"쫄?"

"야, 컴온."

원래 먼저 제안한 사람이 걸리는 게 국룰. 먼저 가위바위보를 제안한 구윤재가 당첨되었다.

"문 잘 열어놔라. 닫는 순간 진짜 죽어."

"알았으니까 들어가기나 해. 먼저 하자고 한 사람이 갑자기 안 한다고 하지는 않겠지? 설마? 아니면 남태윤을 못 믿는 건가?"

남태윤이 문이 닫히지 않도록 문을 잡고 있었고 윤재는 스위치 쪽으로 다가가 불을 켜보았다.

하지만 마치 전기를 다 썼다는 듯이 아무런 반응조차 없었다.

실망 반 안도 반으로 체육관을 나온 윤재는 다시 주저앉았다.

"야, 남태윤. 심령현상 이제 믿냐?"

"믿어. 여기 폐교라 전기 들어오면 안 되는 곳이야. 진짜 믿어. 됐냐?"

"그래서, 다음 괴담 또 찾으러 갈 거야 말 거야."

조금 망설여졌다. 아까의 무서움은 벌써 잊은 채 다음 괴담에 갈지 말지 고민 중이었다.

"다음 괴담이 뭔데."

남태윤은 휴대폰을 열어 찍어둔 사진첩을 열었다.

"오르골 괴담. 아무도 없는 무용실에 들어서면 오르골 소리가 들린다."

"그래서. 무용실 갈 거야?"

"지금 다들 마음은 거기로 기우는 것 같긴 하지만…."

"조금만 쉬자! 뛰어다닌다고 힘들었단 말이야!"

"나도 오랜만에 노래 부르니까 지쳤어."

"체육관을 둘러봤었어도 거의 10분밖에 안 걸렸지만 이미 너무 늦었어. 빠르게 돌아가야 한다고. 아니, 잠시만. 애초에 네가 자지만 않았어도 이렇게까지 늦을 일은 없었잖아! 너 깨우는데 얼마나 힘든지 알기나 해? 전화라도 받아서 다행이지!"

"그럼 너만 집에 가! 가라고!"

"둘 다 싸우지 마! 그냥 다수결 투표로 하면 되는 거잖아! 그게 공평하지? 그치? 어차피 우리 7명 다 같이 다니고 싶어 하잖아. 응?"

지환이 거수를 제시하였고 이왕 왔으니 다음 괴담도 한번 보자는 결과가 나왔다.

일단 한 5분 정도만 쉰 뒤에.

Ⅲ. 무용실

그리고 꽤 긴 시간이 지났다.

아직 무용실을 찾아 헤매는 아이들.

"무용실이 어디야."

"돌아다녀 보면 있겠지."

"사실 1층 아닌 거 아니야? 우리 학교 무용실이 1층이라고 다 1층은 아닐 거 아니야."

"저기 있네. 뭔 1층이 아니야. 민지윤 바보."

무용실에 도착했고, 고정원이 문을 확 열었다.

"야! 다 나와! 나 하나도 안 무서워!"

모두가 고개를 절레절레 저었다. 마치 '저런 게 내 친구라니'라는 듯이.

"그러고 보니 여기 왜 폐교되었는지는 한 번도 못 들어봤네."

그렇다. 생각해 보니 아무도 이곳이 왜 폐교가 되었는지 한 번도 들어보지 못했다. 처음엔 관심도 없었지만 이제는….

"기껏해야 학생들이 너무 줄어서 아니겠어? 원래 이 동네 사람은 또 엄청 없었잖…."

갑자기 오르골 소리가 들리자 모두가 멈췄다. 거의 모두가 숨 쉬는 것조차 잊은 듯 가만히 있었다.

"아, 뭔데 진짜. 갑자기 이러는 거 있냐고."

난데없는 오르골 소리. 오르골 소리가 끝나자 두려웠던 아이들 누가 먼저랄 것도 없이 무용실 밖으로 빠져나왔다.

"와, 나 소름 돋았어. 누가 음악 파일 재생한 거 아니지?"

"나 아직도 음악 들리는 거 같아. 으으."

"그러게. 집에 바로 가자고 할 때 가는 거였는데!"

말은 이렇게 해도 아직 호기심 왕성한 중학생들이었다. 말은 집을 외치면서도 몸은 다시 무용실로 슬금슬금 향하고 있었다.

무용실에 다시 들어가니 아까 보지 못한 것들이 보이기 시작했다.

전신 거울, 빔프로젝터, 컴퓨터 등등.

걸을 때마다 나무로 된 바닥은 삐걱삐걱 소리를 내었다.

계속 둘러보며 컴퓨터가 있는 곳으로 모두가 도착할 때쯤, 다시 오르골 소리가 들려왔다.

다들 다시 무용실 밖으로 뛰어나갔지만 어째서인지 이번 소리는 바로 옆에서 들리는 듯 크게 들렸다.

"소리가 안 멈춰!"

"바로 옆에서 음악 트는 기분이라고! 이제 그만하라고!"

"나 이제 무서워. 진짜 무섭다고!"

오르골 소리가 멈추자 정원이 무용실 안으로 들어갔다. 들어간 정원은 어느새 보이지 않았다.

쿵.

큰소리가 나 혹시나 하는 마음에 모두가 한마음으로 달려가 보니 정원이 쓰러져 있었다. 기절한 것이다.

모두가 경악했다. 하지만 아무도 이유를 몰랐다. 정원에게는 아무런 지병도 없었다.

"나 오르골 소리가 또 들려. 무서워….."

"나는 안 들리는데?"

"나도."

"이게 어떻게 안 들려! 너무 잘 들리잖아! 무서워! 싫어!"

한서가 이상 증세를 보였다. 이윽고 한서 또한 쓰러졌다.

정적. 아무도 소리 내지 않았다. 오르골 소리도 들리지 않았다.

"얘는 도대체 무슨 소릴 듣고 기절한 거야."

저 멀리. 오르골 하나가 보인다. 회전목마 모양을 한 흰색 오르골.

혹시라도 저 오르골을 멈추게 한다면 친구들이 깨어날까. 그러면 다 해결될까.

생각만 할 뿐 몸이 행동하지는 못했다. 오르골을 멈추게 하기 위해서는 확인해야 하지만 무서웠다. 너무나도 다가가기 두려웠다.

백지환이 먼저 오르골로 다가가 잡아들었다.

한참을 확인하더니 주저앉아 체념한 듯이 나머지가 있는 곳을 보고선 쓰러졌다. 아무 말도 없었다.

"지환아…?"

오르골은 소리 없이 돌아가고 있었다. 오르골에서는 아무런 소리가 들리지 않았다.

"저거…, 아무 소리도 안 나는데 우린 그럼 무슨 소리를 듣고 있었던 거야?"

윤재가 급하게 달려가 오르골을 살폈다. 손에 들고 이리저리 확인하고 있었다.

오르골의 밑 부분도 보고, 옆, 심지어 윗부분까지 꼼꼼히 보더니 놀란 듯이 오르골을 놓쳤다.

툭. 오르골이 바닥으로 떨어졌고 들리는 윤재의 마지막 한 마디.

"오르골에 태엽이고 뭐고 아무것도 없어!"

그 말을 끝으로 윤재 또한 지환의 옆에 쓰러졌다.

모두가 말도, 아무 행동도 하지 못했다. 괴담을 해결하면, 친구들이 돌아올까? 아니, 애초에 괴담을 해결할 수 있을까?

오르골은 계속해서 돌아간다.

여기서 더 어떻게 하라는 거지. 뭘 어떻게 해야 괴담을 처음 보기 전인 그날로 다시 되돌릴 수 있지.

남은 세 명은 몇 분간 아무것도 하지 못했다.

저 멀리 오르골이 계속 돌아가고 있었다. 태엽도 건전지도 정말 아무것도 없었다.

원통 부분을 돌리는 형태인가 싶었지만, 윤재가 돌려보려고 애쓰는 걸 봤었다. 아니었다.

사실 세 명이 무용실의 문을 닫고 뒤로 돌아가 아무 일도 없던 것처럼 학교를 빠져나오면 자신들은 아무런 관계가 없어진다. 그리고 안전하다.

하지만 친구들은? 친구들을 이곳에 놔둔 채 집으로 돌아가 모두랑 만난 적이 없다고, 어디 있는지 모르겠다고 말할 수 있을까? 셋다 그저 집으로 돌아가 어디로 사라졌는지 아무것도 모른다고 말할 수 있을까?

정답은 당연히 '아니'였다. 아무도 모른 척할 수 없었다. 설령 거짓말을 했더라도 죄책감에, 그리고 괴담에 의해 어떤 일이 일어날지 아무도 몰랐다. 그렇기에 더더욱 두려웠다.

'이렇게 어려운 게 어디 있어.'

'일곱 개 중에 아직 두 개밖에, 아니 세 개밖에 안 했잖아.'

생각에 빠지면서 아무도 움직이지 않았다. 움직이기 싫었다. 차라리 다른 애들처럼 기절하길 바랐다.

먼저 일어선 건 지윤. 지윤은 오르골로 향했다. 눈앞에 보이는 건 쓰러진 지환, 재윤, 그리고 돌아가고만 있는 오르골. 역시나 멈출 만한 장치 따윈 보이지 않았다.

'여기서 어떻게 더 하라고…. 아무것도 모르겠어. 포기하고 싶어.'

도대체 여기서만 몇 분을 쓴 거지? 여기서 모두가 함께 돌아갈 수는 있을까?

아무런 생각 없이 민지윤은 두 손으로 오르골을 들었다. 태엽이나 오르골을 멈출 장치는 보이지 않았다.

'이 괴담만 해결하면 모두 돌아올 수 있을까. 왜 우리한테만 이런 일이 벌어진 거야. 우리가 잘못 시작한 건가? 이제 그만하고 싶어.'

많아지는 생각에 두 손에 점점 힘이 들어갔다.

오르골이 돌아가기 위해 온갖 힘을 쓴다. 지윤의 머릿속에 오르골 소리가 들리기 시작했다.

'차라리 분신사바 같은 거에 참여하지 말걸. 궁금해도 참을 걸 그랬어. 그냥 모든 게 몰래카메라였으면 좋겠어.'

'이딴 일 따위 겪고 싶지도 않았어.'

'짜증 나.'

그냥 모든 게 다 거짓이었으면 좋겠다고.

화가 난 지윤은 손에 들고 있던 오르골을 힘껏 바닥으로 던졌다.

쩌저적. 금이 가는 소리가 들렸다. 동시에 머릿속에서 들리는 오르골 소리도 탁해졌다.

화가 난 민지윤은 몇 번이고 오르골을 들었다 던졌다.

들리던 오르골 소리는 더 들리지 않았다.

다 부서진 오르골 안에는 소리를 내는 금속판이고 뭐고 아무것도 보이지 않았다. 어떻게 돌아갔는지가 더 의문인 상황. 그리고 그때.

"아함. 뭐지… 엄청 긴 꿈을 꾼 것 같은 이 기분은."

쓰러졌던 넷은 잠에서 깬 듯 일어났고 서 있던 민지윤은 안도감에, 피로감에 주저앉았다.

"내가 너희 때문에 못 살아 진짜…."

민지윤은 울고 싶어졌다. 그건 남태윤도 마찬가지.

잠들었던 넷에게 자초지종 있었던 일들을 설명했다.

"이게 뭐야! 벌써 이러면 다음 건 얼마나 더 어려운 거야?!"

"그냥 집에 가자. 무서워. 나 진짜로 집에 가고 싶어."

"진짜로 피곤이고 괴담이고 뭐고 너무 무서워. 이렇게 무서운 줄 알았으면 괴담 검색도 안 했지."

"흐엉. 이럴 줄 알았으면 그냥 집에만 있을 걸."

폭탄처럼 쏟아져 나오는 말들. 이제 진짜 집에 갈 시간이다.

"그래. 가자. 이제 진짜 집으로 가자. 어쩌면 여긴 우리가 오지 말았어야 하는 곳 같아. 모두 무사하니까 돌아가자."

일어나 복도로 향했다. 모두가 나가고 무용실의 문이 완전히 닫혔다. 무용실에는 부서진 오르골만이 남겨졌다.

Ⅳ. 교실

"우리 조금만 쉬자. 너무 힘들어."

복도를 걸어가던 중 윤재가 털썩 앉았다.

"뭐 하냐."

"아, 진짜 힘들어. 아까 잤는데도 쉬었다는 기분이 하나도 안 든다니까?"

"아, 나도. 이상하게 기절했으면 쉬었다는 느낌이라도 있었을 텐데 그냥 눈 한번 깜빡했다가 일어난 그런 느낌?"

"그건 뭔 느낌이야."

"그래서. 쉬고 싶다고?"

"응! 잠깐이라도 의자에 앉아서! 솔직히 너희도 아직 피곤하잖아?"

윤재의 말 그대로 모두가 아직 피곤하기는 했다.

"바로 옆에 교실 있네. 이러다 또 쓰러질라. 잠깐 들어가자."

"여길?"

"쫄?"

"쫄긴 누가 쫄아!! 자, 봐봐. 들어간다?! 나 들어가?!"

"쟤는 아직 팔팔하네."

"단순 무식한 거나 마찬가지지."

"한서야, 여름아. 우리도 들어가자."

"그래 지윤아."

7명이 전부 교실 안으로 들어서자 교실 문이 쾅 하고 닫혔다.

"아, 서여름! 그걸 왜 닫아!"

"뭐래. 내가 안 닫았거든! 하여간 구윤재 참."

"뭐래. 마지막으로 들어온 게 너거든!"

"아, 둘 다 시끄러워! 나가서 싸워! 나가서!"

"아, 남태윤 네가 더 시끄러워!"

"어? 야! 문 안 열려!"

여름의 소리침에 모두가 문 쪽으로 다가가 문을 열어보려 시도했지만 모두 실패했다.

"뭐야! 장난치지 마! 문 잡지 말라고!"

"다들 비켜봐!"

7명 중 힘이 가장 센 지윤이 문을 열어보지만, 꼼짝도 하지 않았다. 모두가 갇혔다.

"뭐야, 우리 갇힌 거야?!"

"아, 이게 뭐야!"

교실 안은 한순간에 아수라장이 되었다.

"아! 맞다. 교실도 괴담 있었다!"

급하게 휴대폰을 켜 괴담을 확인한 태윤이 설명했다.

"교실에 갇힌 아이들 중 문제집 이야기만 하는 현상 발생 및 제보 빈발. 밤늦은 시간 교실에 갇히면 문제집을 풀어야 나갈 수 있는 것으로 판단. 동아리 애들이 써 놓은 정보야."

"여기 책상 서랍에 문제집이 있긴 있어. 이거야?"

"최상위 1% ○○ 수학 문제집⋯."

"그게 말이 돼? 그리고 이걸 누가 풀 건데?"

일반 학생들은 어려워서 손도 못 댄다고 소문난 문제집. 이걸 다 풀면 모든 수학 문제는 다 풀 수 있다고도 한다던 그 문제집.

"전화도 안 되잖아! 이게 뭐야!"

통화권 이탈 현상까지 발생하는 이 상황.

"흐어엉. 잘못했어요. 다시는 안 올게요. 살려주세요."

"앞으로 더 착하게 살게요. 제발 살려주세요."

"우리 그냥 바로 나갔어야 했어."

그때 남태윤이 문제 앞으로 향했다.

"네가 풀게? 네가 풀 수 있겠어? 저번에 수학 점수 떨어졌다고 울면서 전화했던 게 누군데!"

"시끄러워! 내가 풀 거야. 그래도 여기서 풀 수 있는 사람 나 말고 아무도 없잖아."

남태윤이 문제집 사이에 끼워져 있던 연필을 들었다.

연필을 든 손이 떨렸다.

문제를 풀지 못하면 여기서 나가지 못한다. 여기서 나가지 못하면 모두가 어떻게 될지 모른다.

이런 정신 나간 상황에서 침착함을 유지하려는 사람은 아마 남태윤 하나뿐일 거다.

'제발…. 제발 정답이라고 해주세요.'

문제만 풀려고 노력해 봐도 손이 떨리는 것은 멈추지 않았다.

'제발 그만 떨어봐. 멈추라고. 제발.'

총 열 문제 중에 이제 한 문제를 풀었다.

'할 수 있어. 풀 수 있어.'

몇 분이 지났을까. 고작 열 문제인데도 빠르게 풀지 못했다.

"문 열리는지 확인해 봐."

"안 열려. 몇 번째야! 몇 번을 확인하는 건데!"

"무슨 문제가 틀렸는지 모르겠다고!"

문제를 다 맞힌 건지 틀렸는지 아무것도 모르는 상황. 나머지 아이들은 더 좌절했다.

"야. 나 소원 하나 말해도 되냐."

"해. 우리 진짜 잘못되는 건 아니겠지만… 그래도 들어나 보자."

여름과 정원은 그냥 누웠다. 방법이 없다는 좌절감이 몰려왔다.

"아! 아무 일 없을 거라고! 아까 그 책 보면 탈출한 애들 있다고 했단 말이야!"

"내 소원은 무사히 이 학교를 빠져나가는 거야. 너희 여섯 명 중 아무도 다치지 않고."

"그럴 수 있었으면 좋겠네."

"풀 거라고! 내가 한다고!"

다른 애들도 마치 포기한 것 같았다.

남태윤은 울고 싶어졌다.

'내가 풀 거야. 반드시 풀어서 증명할 거야. 나도 할 수 있다고. 내가 할 거라고.'

4번. 3번. 5번….

태윤의 심장은 더 빠르게 뛰었다.

마지막 문제까지 다시 확인하고 자리에서 일어났다.

"다 일어나 봐!"

태윤은 문 앞에 누워 있는 윤재를 무시하고 문을 열었다. 언제 잠겨 있었냐는 듯 쉽게 열렸다.

"열렸어!"

"뭐야! 어떻게 한 거야!"

"남태윤이 그 문제집을 다 푼 거야? 다 맞은 거야?"

"아, 몰라, 몰라. 빨리 나가자! 나 여기 더 있기 싫어!"

모두가 급하게 빠져나왔다. 그곳에 한시라도 더 있고 싶지 않았기 때문에. 이럴 때는 또 한마음이 되는 7명이었다.

*

"어떻게 했냐?"

"뭐가."

"뭐긴 뭐야. 그 문제집 완전 어려운 거잖아."

"뭐 하긴 뭐해. 그냥 풀었지. 문제를 전부 다."

"이럴 때 보면 진짜 괴물 같다니까."

"뭐해! 나가자! 빨리!"

"알았어! 갈게!"

"다시는 이 학교 안 온다."

다들 발걸음을 빠르게 옮겼다. 이상하게 미로에 갇힌 것처럼 들어왔던 출입구를 찾기 힘들었다.

"야, 남태윤. 근데 나머지 괴담은 뭐 있어?"

"아, 사진 지워야 하는데. 일단 학교부터 나가고 지워야지. 지금은 괴담의 '괴' 자, 보기도 듣기도 싫어."

V. 시계

"이게 뭐야! 하나도 못 찾겠어! 이게 맞냐고! 그러게, 왔던 길로 다시 돌아가자니까! 왜 새로운 길을 개척하려고 하냐고!"

출구를 찾을 수 없었다. 아무리 걸어도 3개였던 출구 중 하나도 보이지 않았다.

"오늘, 아니 어제 낮에도 왔었던 곳인데 나가기 참 힘드네⋯."

"옆에 딸린 창고만 갔다 왔거든?"

"지금 몇 시야? 나 휴대폰 배터리 다 나갔어."

"야. 여기 복도에 시계 있네. 지금⋯."

"동작 멈춘 시계를 왜 보고 있냐. 네 휴대폰 봐."

"그런⋯ 거겠지⋯? 저 시계가 이상해서 놀랐네."

주머니에서 휴대폰을 꺼내 보던 지환은 걸음을 멈추었다.

"야, 이거 시계가 이상하다⋯?"

"왜 또 뭐."

"숫자가 좀 이상하지 않아?"

"폰 고장 났겠지. 지금 시간이⋯."

남태윤도 말을 멈췄다. 무언가 이상해지고 있다.

"왜. 또 왜. 이번엔 뭔데."

"... 시계 괴담."

"아오씨. 이 정도면 우리 그냥 괴담 찾는 아이들이다? 브이로그 한 번 찍어봐? 어?!"

괴담을 피해 출구를 향했는데 또다시 괴담에 걸려버렸다.

"야, 무슨 내용인지만 말해 봐."

"시간이 뒤틀린다. 이것 말고는 아무것도 못 봤어. 책이 많이 찢어졌으니까."

시간이 뒤틀린다. 이게 과연 무슨 말일까.

아무도 예상하지 못했다. 시간이 뒤틀린다는 게 무슨 뜻인지 알 리가 없었다.

혹시 몰라 가만히 있었다. 하지만 아무 일도 없었다. 아이들은 의아해했다.

"시간이 뒤틀린다는 게 무슨 뜻이야. 뭐, 멀티버스?"

"나도 몰라. 진짜 그렇게만 써져 있었고 나머지는 찢어졌어."

뚜벅뚜벅. 7명 외의 발소리가 들려온다.

'뭐지? 무언가 온다.'

'지금 여기서 안 뛰면 죽는다.'

'지금 당장 숨어야 해.'

'도망치자.'

'있는 힘껏 달려야 한다.'

'뒤를 돌아보는 순간 늦는다.'

직감이었다.

지금 당장 도망치지 않으면 잡힐 거라고.

일곱 명은 그대로 복도를 계속 달렸다.

서로가 부딪히지 않게, 하지만 누구보다도 빠르게.

교실에 들어갈 수는 없었다. 혹시라도 교실 괴담이 다시 실행될 수도 있으니까.

어느 순간 다가오던 발소리는 들리지 않았다.

모두가 멈췄다.

"아까 뭐야? 갑자기 소름이 쫙 끼치더니 안 달리면 죽는다고 생각해서….'

"시간에 뒤틀린 자들."

"뭐?"

"… 내가 방금 뭐라고 했어?"

서여름은 자신이 한 말을 기억하지 못했다. 분명 자신의 입으로 **'시간에 뒤틀린 자들'**이라며 괴담과 비슷한 이야기를 했다.

아이들은 점점 더 무서워지고 있었다.

"시간에 뒤틀린 자들이라고 말했잖아."

"시간이 뒤틀렸으니 출구는 찾을 수 없어. 괴담을 끝내야 해."

"뭐? 계속 무슨 소리를 하는 거야."

"… 내가 무슨 말을 했는데?"

서여름은 자꾸만 자신이 한 말을 기억하지 못했다.

진짜일까 장난일까. 아무도 알 수 없었다.

"… 그냥 계속 말해 봐."

"우리가 뒤틀린 시간으로 들어왔으니 진짜 시계를 찾아서 돌아가야겠지."

"아, 그렇구나."

"왜. 내가 또 무슨 말을 했는데. 장난치지 마, 진짜."

"진짜 시계를 어떻게 찾지?"

"시계 중에 유일하게 뒤틀리지 않은 걸 찾아야지."

"혹시 너 귀신 들린 거 아니지?"

"장난치지 말라고."

유일한 단서를 가지고 진짜 시계를 찾는 7명.

"근데 아까 잡히면 어떻게 되는 거였을까."

"뒤틀린 시간에 영원히 갇히겠지."

"난 얘가 더 무서워져."

"…."

여름은 그냥 가만히 있기로 결심했다.

복도에는 여러 개의 시계가 걸려 있었다.

"진짜 전부 다 뒤틀려 있어…."

시계의 분침과 시침은 꺾여 있거나 있지도 않았다.

"우리 휴대폰도 지금 다 시계 부분만 노이즈처럼 보이지?"

휴대폰, 손목시계 등, 7명이 가진 시계도 뒤틀려 있었다. 언제부터 였는지는 아무도 모른다.

아무리 걷고 걸어도 진짜 시계는 보이지 않았다.

"아까 그건 이제 안 오나 봐?"

"야, 구윤재! 그런 말 하면 꼭 오는 거 모르냐고!"

뚜벅뚜벅. 발소리가 다시 들려온다.

'이거 다 구윤재 탓이야아아아!'

다다다다다다다.

모두가 속으로 윤재 탓을 하며 열심히 달렸다. 달리면서 시계들을 확인하는 것도 잊지 않았다.

다시 어느 순간부터 따라오는 기척이 느껴지지 않았다. 그제야 다들 멈췄다.

달리면서도 진짜 시계를 찾지 못했다.

"구윤재!"

큰 소리가 나면 또 나타날까 봐 두려워 소리를 낮추며 타박하기 시작했다.

"너 때문이잖아. 그러게 누가 그런 말 하래? 너 때문에 진짜 죽을 뻔했다고."

"야. 체육관에서도, 지금도. 너 잡고 뛴 건 나야. 오히려 나한테 고마워해야지."

"너 같으면 고마워하겠냐? 이 바보야."

아이들은 점점 더 지쳐갔다.

시계를 찾고, 피해서 달리고, 시계를 찾고⋯ 어딘지 모르는 공간을 돌며 반복하고 있었다.

'뭐 하고 있어. 도움이라도 돼야지. 맨날 민폐만 끼치면서 다녔으면 도움이라도 되어야지.'

정원은 아무것도 하지 못했다. 사실 모두가 해답을 찾지 못하고 있었지만, 평소 도움만 받던 정원은 평소보다 자신을 더 자책했다.

"야, 나 소원 하나 말해도 되냐. 내 소원은 무사히 이 학교를 빠져나가는 거야. 너네 여섯 명 중 아무도 다치지 않고."

'여름이 소원도 못 지켜주게 생겼잖아.'

교실을 나오면서 약속했다. 그 소원 꼭 이뤄주겠다고. 꼭 다치지 않고 학교에서, 괴담에서 빠져나가겠다고.

'어떡하지. 아무것도 생각이 안 나.'

한서는 트라우마를 이겨내고 노래를 불렀다. 지윤은 자신이 무모하게 달려들다 기절한 사이 괴담을 해결했고, 태윤은 그 어려운 문제까지 혼자 풀어냈다. 자신은 여기서 한 게 뭐가 있는가.

창문도 없는 복도에서 자신이 할 수 있는 일.

'그러고 보니 이 교실은 아까 지나갔던 곳 아니야?'

교실 중 유일하게 정원의 눈에 띄는 교실이 있었는데 그 교실에 다시 도착했다.

정원은 주머니에 있던 짧은 빨간색 색연필로 복도 벽을 긋기 시작했다.

쭉 이어지는 선과 다시 들려오는 발걸음 소리.

정원은 뛰면서도 색연필로 선을 긋는 걸 멈추지 않았다.

얼마나 달렸을까. 발걸음 소리는 들리지 않기 시작해 아이들의 걸음 속도도 다시 느려지기 시작한다.

'뭐지. 그냥 내 착각이었나.'

착각이라고 생각하려던 그때.

"저거 정원이가 긋던 선 아니야? 저게 왜 저기 있어?"

다시 돌아왔다.

"설마 했는데 진짜였어. 우리 계속 똑같은 곳을 걷고 있었어."

"뫼비우스의 띠."

"지금 우리가 걷고 있는 복도가 뫼비우스의 띠처럼 되어 있다고?"

"정확한 건 아니야. 다만 정원이가 그은 선으로 다시 돌아왔으니 그런 형태라고 추측하는 거지."

"그럼 우린 똑같은 시계만 계속 보고 있었던 거야?"

"우리가 한 번도 안 본 곳이 하나 있어."

교실 안 시계도 교실 창문을 통해서 다 확인했었다. 정원이 말하는 확인하지 않은 곳은….

"설마 정체 모를 그것 뒷부분?"

"일리는 있네. 원래 등잔 밑이 어둡다고, 확인 안 한 유일한 곳이기도 해. 뫼비우스의 띠처럼 되어 있다면 우리가 빠르게 뛰어서 그걸 앞지르면 될 거야."

결국 아이들은 죽을 만큼 빠르게 뛰어보기로 했다.

"아니기만 해봐. 내가 확 그냥."

모두가 전속력으로 달렸다.

죽을힘을 다해 달렸다. 아니, 여기서 그만큼 빠르게 달리지 않으면 정말로 죽는다.

계속해서 달리자 어떤 형체가 보이기 시작했다.

"찾았다. 진짜 시계."

정체 모를 형체의 뒤에 정말로 진짜 시계가 있었다.

정원은 진짜 시계에 손을 뻗었다. 집으로 돌아가고픈 간절한 마음을 담아 힘껏.

그 순간, 섬광이 번쩍이더니 다시 어두워졌을 땐 정체 모를 형체도, 정원이 긋던 빨간 선도 전부 사라졌다.

"돌아온 거 맞지?"

"맞는 것 같아. 이제 진짜 나가자. 집으로 가자. 집집집."

7명의 학생들은 복도를 빠르게 뛰었다. 뛰면서 절대로 시계를 바라보지 않았다. 그들이 원하는 휴식을 위해서.

Ⅵ. 거울

"오, 거울이네?"

맨 뒤에서 복도를 걷던 중 거울을 발견한 윤재.

"밤에 학교에서 보는 거울은 느낌이 좀 다른데?"

"혹시나 해서 말하는 건데 거울 같은 거 보이면 너무 깊게 보지 마. 그거 괴담이니까."

"어?"

"어?"

윤재 앞에는 거울이 있었고, 거울 앞에는 윤재가 있었다.

"나 진짜 얘를 어떻게 해야 하나⋯."

'주의. 거울은 절대로 깊게 보지 말 것.'

글 밑에 작은 글씨로 경고문 하나가 쓰여 있던 게 생각난다.

"어쩌면 이 중에서 너 하나는 못 빠져나올 수도 있겠네."

"재수 없는 소리 하지 마!"

"어쩌라고! 너 때문에 거울 괴담에 빠졌잖아!"

윤재가 거울을 깊게 들여다본 탓에 거울 괴담이 시작되었다.

"거울 괴담은 뭔데."

"우리 다 떨어지게 될 거야. 누구 한 명이라도 괴담을 해결하기 전까지. 해결 방법은 찢어져 있었어. 절대로 아무것도 믿지 마. 우린 이제 거울 속에서 이상한 것들을 볼 거니까."

태윤의 말을 끝으로 눈앞이 캄캄해졌다.

"절대로 누가 나타나도 속으면 안…."

"태윤아? 지윤아?"

아무도 보이지 않았다.

"남태윤! 민지윤! 야, 윤한서! 백지환! 고정원! 장난치지 마!"

"얘들아! 빨리 나와 봐!"

"야!"

아무도 없었다. 재윤이 소리쳐도 아무도 나타나지 않았다.

"진짜 없어?"

재윤은 주저앉았다.

"진짜 다들 어디 갔냐고!"

보이는 건 끝없는 복도와 자신 앞에 있던 거울뿐이었다.

"야! 장난치지 말고 나와!"

"왜. 뭐."

"야, 남태윤!"

어디선가 태윤이 나타났고 윤재는 바로 달려갔다.

"어디 있다 이제 왔냐!"

재윤이 알던 남태윤이었다. 안경 쓰고 미남형에 진짜 공부만 할 것 같은 얼굴.

"뭐냐. 헛것이라도 봤어? 그것보다 저기 봐. 출구야."

바로 옆에 출구가 있었다. 여기만 나가면 끝이다.

"그럼, 끝이야? 이제 집에 가는 거야?"

"가는 거야. 집에."

"그럼, 나머지 애들은?"

"픕."

남태윤이 비꼬듯이 웃었다. 처음 보는 행동이었다. 남태윤은 절대 이런 식으로 남을 비꼬지 않았다. 그냥 바보라고 돌직구로 날릴 뿐.

"진짜 멍청하네. 당연히 다 나갔지. 너 때문에 다시 들어왔어."

"그럼 끝이야?"

"아까부터 말했잖아. 집에 가자고. 다 밖에서 기다리고 있어."

"근데 태윤아. 그럼 거울에는 왜 나밖에 없어?"

친구들 중 가장 공부를 못하는 사람이 윤재라고 해도 태윤이 거울에 안 보일 리가 없다는 건 알고 있었다.

태윤은 가만히 있었다. 그리고 자신이 없는 거울을 쳐다봤다.

"글쎄?"

"절대로 아무것도 믿지 마."

윤재는 태윤에게서 멀리 떨어지기 위해 문으로 달렸다. 저 문만 나가면 모든 것이….

"모든 것이 끝날 것만 같지?"

태윤의 목소리가 발걸음을 멈추게 했다.

"저 문만 나가면 괴담도, 보고 싶지 않은 귀신 같은 것들도 전부 다시는 보지 않을 것만 같잖아."

자꾸만 발목을 잡혀서 쉽게 문을 열 수가 없었다.

"그렇지만 현실을 봐. 얼마나 힘들어. 차라리 여기서 네가 원하는 대로 하고 싶은 걸 마음껏 해. 네가 좋아하는 체육도 여기선 누구의 방해도 없이 계속할 수 있다고."

지옥 같은 현실. 문밖의 현상은 어두운 모습을 담고 있었다.

"네 어두운 모습을 나머지 애들이 알고도 네 곁에 남아줄까?"

"시끄러워, 이 괴물아. 남태윤 모습으로 그딴 말 하니까 역겨워."

거울 속에는 구윤재뿐이었다.

"내가 뭐 거짓말을 했니? 맞잖아. 너 현실 싫어하는 거."

어느새 자꾸만 대화를 하고 있는 윤재.

"멍청이. 편한 길을 거부하는 건 네 특성이냐?"

*

그 시각 남태윤도 혼자 있었다.

"정확히 무슨 괴담인지 모르니까 움직이기가 더 무섭네."

그저 끝없는 복도만이 눈앞에 보일 뿐이었다.

"일단 믿을 사람은 나밖에 없다는 건가."

"진짜로?"

어디선가 말소리가 들려왔다. 말소리가 들린 곳을 쳐다보니 문 하나가 덩그러니 있었다.

"바보 멍청이."

"뭐라고?"

"남태윤, 너 바보라고! 시험만 잘 치면 뭐 하냐. 친구도 없는 주제에. 재수 없어."

문을 통해 보이는 건 보고 싶지도 기억하고 싶지도 않은 과거.

문은 끊임없이 아팠던 기억들을 보여주고 있었다. 너무나도 지독한 악몽이었다.

"이 악몽은 해결하기 좀 힘들겠네."

'특히 구윤재라면 더더욱.'

*

구윤재는 아무것도 못 하고 있었다.

"걔네랑 노니까 너도 급이 다르다고 생각한 거 아니냐고."

"시끄러워! 이 괴물아! 망상 주제에!"

"하지만 친구가 없잖아. 널 잡아주던 남태윤도 이제 여기 없어. 현실을 제대로 받아들이지도 못하는 주제에 괴담을 해결하겠다니! 여기서 네가 한 게 뭐가 있는데!"

말 한마디 한마디가 자꾸만 다리를 조여 왔다. 여기서 한 발자국도 움직이지 못하도록.

"네가 여기 남으면 이런 소리 따위 더 듣지 않아도 돼."

구윤재의 눈이 초점을 잃어가고 있었다.

"괜찮아. 널 다 이해해 줄게. 네가 원한다면 평생 이 모습으로 네

곁에 있어 줄게."

"개소리하고 있네."

구윤재는 정신을 차리고 자신의 어깨를 잡고 있던 손을 힘껏 떼어냈다.

문밖의 풍경이 점점 어긋나기 시작한다.

"그런 말로 내 과거 막 말하면 내가 거기 대고 '아이고 그렇구나. 이해해 줘서 고마워' 뭐 이럴 줄 알았냐?"

포기하기에는 일렀다.

"큰일 날 뻔했네. 나가는 길이 어디야. 아니야. 넌 못 믿어. 여기서 믿을 거 하나도 없어."

구윤재는 거울을 잡았다.

"거울 괴담이니까 거울이나 한번 깨보자. 이 망상만 지껄이는 괴물아. 그러면 진실이라도 말하겠지."

구윤재는 거울을 무자비하게 깨버리기 시작했다.

"아. 그래. 이건 인정할게. 네가 한 말들 다 한 번씩은 생각했던 말들이긴 해. 조금 홀릴 뻔했어. 남태윤 모습만 아니었으면. 태윤이는 그렇게 말 안 하니까. 네 말, 완전 뒤죽박죽이야."

"… 이거 완전 정신 나간 돌아이 아냐."

당황하는 모습을 마지막으로 모두가 있는 복도로 돌아왔다. 거울은 깨져 있었고 나머지 아이들은 다 잠들어 있었다.

"야, 야. 일어나 봐. 야, 제발. 이건 현실이잖아."

남태윤을 시작으로 나머지 애들이 일어나기 시작했다.

"구윤재?"

"그래. 바로 이 몸이 괴담을 해결했다 이거야."

"뭐야. 구윤재는 절대 빠져나올 수 없다고 생각했는데."

"사실 까딱하다가 큰일 날 뻔하긴 했어. 이 학교 다시는 안 온다. 그것보다 저길 봐."

구윤재가 손가락으로 가리킨 곳 끝에는 자신들이 들어왔던 문이 있었다.

"저 문. 저건 진짜야."

Ⅶ. 집으로 가는 길

집으로 가는 길. 저 문만 지나면 진짜 집으로 간다.

모두가 한마음 한뜻으로 달려갔다. 백지환이 먼저 문손잡이를 잡고 힘차게 밀었다. 혹시나 마지막까지 이상하게 문이 안 열린다든지 그런 일이 없기를 바라며.

다행히 문은 정상적으로 열렸다. 7명 전부 운동장으로 나왔다.

"운동장에는 괴담 없지?"

"없어, 없어. 내가 확인했었어. 없어."

"진짜 해방이다!"

"야호!"

"휴, 너희 없었으면 어쩔 뻔."

"집에 가면 뭐 할 거야?"

"일단 자야지."

모두가 신나게 대화했다. 더는 마음 졸이며 괴담이니 뭐니 하지 않아도 된다.

"너네 그거 쓸 거지? 청춘 노트. 중학교 시절 가장 기억에 남는 순간을 타임캡슐에 넣는 그거."

"써야지. 여름방학 중에 가장 아찔했던 순간인데."

밖을 나온 아이들은 뒤를 돌아보았다. 낡은 건물 하나뿐이었지만 다시 소름이 쫙 돋았다.

"진짜 절대 다시는 여기로 안 와."

"우리가 너무 무모했던 것 같아."

"윤한서. 건물 사진은 왜 찍냐?"

"청춘 노트에 그려 넣으려고 그런다 왜."

"사진에 귀신 막 찍혀 있고 그런 거 아니야?"

"재수 없는 소리 하지 마."

모두가 교문 밖으로 나왔다.

하나, 둘, 셋, 넷, 다섯, 여섯. 모두가 나왔…?

"여름아. 네 소원 지켰어! 우리 다 나왔어!"

고정원이 주위를 둘러보았지만 서여름은 없었다.

"여름아? 여름이가 안 나왔는데?"

"무슨 소리야. 다 있잖아. 하나, 둘, 셋, 넷, 다섯, 여섯…어?"

아무리 여름이를 불러 봐도 보이지 않았다.

"운동장 괴담 없다며!"

"없어! 심지어 여긴 학교 밖이라고!"

"그러면 서여름은 어디 갔는데!"

교문 바로 앞에서 남태윤은 우뚝 섰다.

"얘들아. 사실… 여기 학교 폐교된 이유가 저기 뒤에가 무너지면서 학생부터 교직원들까지 많은 사람이 죽어서래. 근데 사망자 명단 중에 서여름이 있어….'

남태윤이 휴대폰을 아이들에게 보여주었다.

"… 우리 처음 분신사바 할 때 펜 누가 잡았지?"

"여름이랑 나. 그리고 종이랑 펜은 여름이가 태웠다고 했어."

아무도 말을 할 수 없었다.

"내 소원은 무사히 이 학교를 빠져나가는 거야."

"너네 여섯 명 중 아무도 다치지 않고."

"여섯 명…. 여름이 소원이 우리 **여섯 명 중** 아무도 다치지 않고 학교를 빠져나가는 거라고 했어. 자신을 포함하지 않은 우리 여섯 명."

"우리 괴담 여섯 개밖에 안 했잖아. 나머지 마지막 괴담이 귀신의 소원을 들어주는 거였어….'

"여름이 소원이 뭐라고?"

"우리 여섯 명 중 아무도 다치지 않고 학교를 빠져나가는 거….'

6명은 아무 말도 없이 서로를 바라보았다. 아무도 다치지 않은 서로를 오랫동안…

"으어아 아악!"

"아, 나 이런 거 진짜 싫어!"

무더웠던 여름날.

여름이와 함께 했던

청춘이라는 이름으로 늘 함께였던

우리들의 무섭고도 소름 돋는 아름다운 기억.

「서여름이 모두에게」

남태윤 의 청춘일기   24.XX.XX.

장소 OO중학교

사건요약 학교7대괴담

☑남태윤 ☑구윤재 ☑민지윤 ☑윤한서 ☑백지환 ☑고정원

· 분신사바는 그냥 안하는게 좋다.
· 체육관은 소리를 매우 크게 지를 것.
· 무용실은 오르골을 부숴야한다.
· 교실에 있는 문제집을 풀 것. (1.3.5.4.5.2.3.1.4.1)
· 복도를 죽을만큼 뛰어 뒷편에 진짜시계 확인.
· 악몽을 이겨내고 거울을 부숴버리라고 함. (구윤재)
· 사실 그 학교에 가지않는것이 제일 좋다.

구윤재의 청춘일기　　　24.XX.XX.

장소 OO중학교

사건요약 귀신!!!

☑남태윤　☑구윤재　☑민지윤　☑윤한서　☑백지환　☑고정원
☑서여름

절대 다시는 가지마! 진짜로!
호기심으로도 가지마라 진심

내가 안간다고 했다!

민지윤 의 청춘일기   24.XX.XX.

장소 OO중학교

사건요약 학교괴담

☑남태윤 ☑구윤재 ☑민지윤 ☑윤한서 ☑백지환 ☑고정원

학교에 가면 괴담을 풀어야하는데 7개가 있었다.

분신사바(발단) - 체육관 - 무용실 - 교실 - 복도(시계)

- 거울 - 친구(결말)

그냥 다시는 가지 말자. 가지 않는게 최선이다.

우리는 서여름을
기억한다.

윤한서의 청춘일기   24.XX.XX.

장소 OO중학교

사건요약 OO중 7대 미스터리 '괴담'

☑남태윤 ☑구윤재 ☑민지윤 ☑윤한서 ☑백지환 ☑고정원

많이 무서웠으니까 다시는 가지말자 우리

지환의 청춘일기　　　24.XX.XX.

장소 00중

사건요약 괴담, 미스터리

☑남태윤 ☑구윤재 ☑민지윤 ☑윤한서 ☑백지환 ☑고정원

다시는 꾸고 싶지 않은 이야기.
한동안 근처에도 못갈 것 같다.
호기심으로 가지 말자!
그냥 폐교라는 곳들은 안 가는게 좋을 듯.
↰쫄보ㅋ
　　↰죽는다 백지영.

정춘이 의 청춘일기   24 . XX . XX .

장소 OO중 (폐교)

사건요약 괴담

☑남태윤 ☑구윤재 ☑신지윤 ☑윤한서 ☑백지환 ☑고정원
☑서여름

여름이의 소원은 '모두 다치지 않고 학교를 탈출하는
것이있다. 학교를 나온 직후에는 몰랐지만
집에 들어오니 뭔가 다친 것인있다.
소원 제대로 못 들어줬으니까 다시 나타나려면
안되냐?
무서웠지만 그래도 재미있었어.

의 청춘일기 . . .

장소 OO중학교

사건요약 OO7대 괴담

■남태운 ■구운재 ■민지윤 ■윤한서 ■백지환 ■고정원
공부 잘해 체력대박 힘세다 노래잘불러 멋져 고마워

재미있었어. 괴담은 모두 끝났어.
다시 발생하지는 않을거야.
걱정하지마. 소원 들어줘서 고마워
다음에 또 만나서
놀고 싶어.

에필로그. 친구

이 학교에서는 분신사바를 하면 안 됩니다. 무슨 일이 일어나도 학교는 책임지지 않습니다. 혹여 무슨 일이 생길 시에는 늦은 밤, 아무도 없는 학교에 도착해 모든 괴담들을 해결해야 한다고 합니다. 그러니 혹시라도 창고를 청소하게 된다면 절대로 꼼꼼하게 하지 마세요. 선생님들은 창고 청소를 그렇게 유심히 보지 않습니다. 제 경험담입니다.

그러나 어쩌다 보니 분신사바 판을 찾는 경우도 있겠죠. 그럴 경우 괴담만 실행시키지 마세요. 정말로 곤란해지니까.

체육관에 들어갔다 갑자기 불이 꺼지고 켜지니 이상한 미라를 보았다는 이야기를 들었습니다. 그럴 때는 어쩔 수 없습니다. 계속 뛰세요. 제어실로 달려 스피커를 이용해 큰 소리를 틀고 틈을 만드세요. 그리고 틈이 만들어진다면 곧장 문으로 뛰세요. 그럼 문이 열립니다.

아무도 없는 무용실에서 오르골 소리가 들린다면 저주에 걸렸다는 이야기겠죠? 무용실에 들어서면 오르골이 보일 겁니다. 그 오르골은 계속해서 돌아갑니다. 아무 소리도 없이. 오르골 소리를 3번 듣는다면 기절하며 평생을 깨어나지 못합니다. 해결 방법은 단 한 가지. 부숴버리세요. 부서진 오르골은 더 이상 소리를 내지 못하게 됩니다. 그리고 일행들도 깨어나게 될 것입니다.

교실에 갇힌 아이들 중 문제집 이야기만 하는 현상 발생 및 제보가

빈발합니다. 밤늦은 시간 교실에 갇히면 문제집을 풀어야 나갈 수 있는 것으로 저희는 판단했습니다. 무슨 문제집인지는 모르겠다만 찍어서 풀고 나온 아이들이 대부분이라고 하니 매우 어려운 문제인 것 같습니다. 어쩌면 최상위 1% ○○ 문제집 시리즈일 가능성이 높습니다. 문은 꼭 열어두세요.

복도를 걷다 이상한 시계를 발견한다면 괴담이 실행되었다는 신호입니다. 복도에는 시계를 걸어두지 않으니까요. 아마 시계의 시침과 분침, 그리고 초침이 모두 이상하게 되어 있을 겁니다. 시간이 뒤틀렸다는 증거입니다. 시간이 뒤틀린다면 돌아올 방법은 오로지 진짜 시계를 찾는 것입니다. 진짜 시계는 어디에 있을지 아무도 모릅니다.

학교에서 늦은 시각, 거울을 보다 괴담이 실행되었다는 제보를 받았습니다. 거울 속으로 들어가 혼자 남게 되어 누가 누군지도 모르는 상황에 빠지고 홀리며 현실로 나갈 수 없게 만들어진다고 하니 절대로 아무도 믿지 마세요. 그것만이 속지 않을 유일한 방법이라고 합니다.(주의: 거울은 절대로 깊게 보지 말 것.)
그냥 스쳐 지나가면서 보는 건 아무 상관이 없다는 제보도 받았습니다. 밤에 학교에 오게 된다면 참고하세요.

마지막 친구 괴담입니다. 이 괴담은 까다롭습니다. 바로 친구의 소원을 들어주는 것이기 때문이죠. 그리 까다로울 이유가 없다고요? 그 친구라는 대상이 과연 귀신이라 해도 말인가요?

'친구'는 당신들의 기억을 조작해 원래부터 친구인 것처럼 기억하게 만들고 행동할 것입니다. 그리고 6개의 괴담을 모두 해결해도 자신을 찾지 못하면 절대로 마지막인 자신의 괴담을 해결하지 못하게 만들 겁니다. 그러니 마지막 순간이 온다면 빨리 누가 귀신인지 찾아야 한다는 겁니다. 심지어 이 '친구'는 여러 명이 오지 않을 경우 나타나지도 않는다고 합니다. 매우 까다롭죠? 심지어 '친구'의 소원이 자신과 함께 가길 원하는 거면 더 곤란하잖아요. 그렇기 때문에 조심해야 합니다.

'친구'의 소원을 들어준다면 소원을 들어준 당사자들을 제외한 모든 조작된 기억을 소유한 사람들의 '친구'에 대한 기억은 사라질 것입니다.

모든 괴담을 해결했다면 당신들은 자유입니다. 괴담은 두 번 실행되지 않는다고 하니 안심하시고 학교를 다니시면 됩니다. 다만 실패할 경우 모두에게서 사라질 수도 있겠죠. 조심하세요.

아, 그리고 우리 학교가 많이 낡아 무너질 가능성이 있다고 들었습니다. 우리 모두 조심하며 지냅시다. 혹시 죽는다면 친구 괴담의 '친구'가 될 수도 있을지도 모르죠? ㅋㅋㅋ 농담입니다.

지금까지 심령현상 동아리 부장, 서여름이었습니다.

🖋 마치며 ∼∼∼∼∼∼∼∼∼∼∼∼∼∼∼∼∼∼∼∼∼∼∼∼∼∼

진지한 후기를 쓰는 건 역시 언제나 어렵습니다.

사실 올해 우리가 함께 생각한 글쓰기 키워드 중에서는 '꿈'을 가장 좋아했습니다. 청춘은 제 생각에 애매했기 때문에 솔직히 말하자면 청춘에 손을 들지 않았죠. 국어사전에서 청춘은 십 대 후반에서 이십 대에 걸치는 젊은 나이라고 하는데 중학생은 십 대 후반이라고 하기에는 너무 어리다는 어머니의 의견에 망설이기도 했습니다. 그런데 책쓰기를 같이 하는 주변 친구들을 보니 거의 다 '청춘'을 키워드로 쓰고 있는 게 아닙니까. 그래서 저의 몽환적인 생각을 곁들여 '청춘'이라는 키워드를 사용한 글을 완성했습니다. 사실 어쩌면 청춘에는 나이 제한이 필요 없다는 생각이 들기도 했거든요. 꿈꿀 수 있다면 누구나 청춘이라는 생각도 들었구요. 그러니 우리의 지금 순간도, 책 속 아이들의 순간도 청춘이 아닐까 합니다.

글을 쓰다가 알았지만, 아이들 이름에 '윤'이라는 글자가 많이 나오고 있었는데 그것 때문에 주인공들 이름이 헷갈리고 난리가 났었습니다. 윤재를 재윤이라고 쓰질 않나, 태윤이를 윤태라 쓰질 않나…. 메모장에 애들 이름 적어두고 메모장을 보면서 작업했습니다. (충격. 자기 소설 주인공들 이름 못 외운 작가 등장!) 고백하자면 실 아직도 헷갈리기는 합니다. 등장인물이 많은 작품을 쓰는 작가님들은 정말 대단하시다는 생각을 이번 기회에 하게 되기도 했습니다.

밤에 괴담(공포)을 쓰는 작업은 많이 무섭습니다. 혹시라도 공포 글 쓰시는 분들은 절대 밤에 하지 마세요. 무서워요. 특히 MBTI에서 N인 나 같은 사람은 더더욱.

그래도 학교 하면 역시 괴담이 제일 매력적입니다. 아직 어린 아이들을 대상으로 한 초등학교 괴담이 제일 많았겠지만 역시 괴담은 중학교라도 폐교에서 해야 제맛이죠. 실제로 해본 적은 없지만. 하지만 진짜로 있을 수도 있는 일이잖아요. 그쵸? 물론 이 이야기는 픽션이지만.

태윤아, 윤재야, 지윤아, 한서야, 지환아, 정원아, 그리고 여름아. 고마워. 이름 빨리 못 외워서 미안해….

너희의 모습은 지금 딱 우리의 모습 같아. 매일 티격태격하지만 서로가 있어서 든든한 우리. 그래서 글을 쓰면서 즐거웠어. 앞으로도 항상 행복하길. 너희도, 그리고 이 글을, 이 책을 읽고 계시는 여러분들도요.

지금까지 조수아, 필명 시옷이응이었습니다.
긴 글 읽어 주셔서 감사합니다.

「시옷이응이 모두에게」